舒辉波的小说，以天真之眼静观世界，以纯净之心面对人生，以轻逸姿态抵达深刻。深情又节制，丰富而辽阔。

文学评论家　张柠

燕子啊

舒辉波 —— 著

济南出版社

图书在版编目（CIP）数据

燕子啊 / 舒辉波著. —— 济南：济南出版社，2024.1
（文学新势力. 第二辑）
ISBN 978-7-5488-6074-7

Ⅰ.①燕… Ⅱ.①舒… Ⅲ.①中篇小说—小说集—中国—当代②短篇小说—小说集—中国—当代 Ⅳ.① I247.7

中国国家版本馆CIP数据核字(2024)第031813号

燕子啊
YANZI A
舒辉波 著

出 版 人　谢金岭
责任编辑　姜天一
装帧设计　焦萍萍　刘梦诗

出版发行　济南出版社
地　　址　山东省济南市二环南路1号（250002）
总 编 室　0531-86131715
印　　刷　济南新先锋彩印有限公司
版　　次　2024年1月第1版
印　　次　2024年2月第1次印刷
开　　本　145 mm×210 mm　32开
印　　张　7.75
字　　数　167千字
书　　号　ISBN 978-7-5488-6074-7
定　　价　39.80元

如有印装质量问题　请与出版社出版部联系调换
电话：0531-86131736

版权所有　盗版必究

学术筹划 中国作家协会鲁迅文学院
北京师范大学国际写作中心

编委会

顾　　问　莫　言　吉狄马加　吴义勤
文学导师　余　华　苏　童　欧阳江河　西　川
主　　编　邱华栋　张清华　徐　可
编　　委　王立军　周云磊　李东华　周长超
　　　　　　刘　勇　张　柠　张　莉　沈庆利
　　　　　　梁振华　张国龙　翟文铖　张晓琴

总 序

张清华　邱华栋

2012年10月，莫言荣膺诺贝尔文学奖，再度激发了国人的文学激情，也唤醒了高校在文学教育方面的旧梦，其中就包括北京师范大学。因为一段至关重要的学缘，莫言曾于1991年获得了北师大授予的文学硕士学位，而此刻，作为母校的师大自然倍感荣耀，遂立刻决定成立北京师范大学国际写作中心，并邀请莫言前来担任主任。中心成立之初，其核心职能——文学教育和创作人才的培养便被提上了议事日程。

需要稍加追溯前缘，才能说明这套文丛的来历。1988年，由当时在研究生院任职的童庆炳教授牵头，由北京师范大学提供学制条件，牵手中国作家协会直属的鲁迅文学院，共同招收了首届作家研究生班学员。那时的学位制度还相对处于比较早期的阶段，各种规章还没有现在这样严苛和完善，所以运作相对容易，招生考试环节也相对宽松。由此，一批在文坛已崭露头角的青年作家，便被不拘一格，悉数收罗。之前，他们中的很多人——除刘震云作为北京大学中文系77级的本科毕业生外——并未受过太正规的教育,他几乎是唯一一个出自正宗名门。余华只是在浙江海盐上过中学;莫言之前虽有两年解放军艺术学院文学系的学习经历,但更早先却是连中学教育未受完整;严歌苓、迟子建等差不多都只是受过中等专业教育。其他人我们未做过严格的统计,但可以肯定,其中大多数未曾上过大学。然而不容置疑的是,这些人是那时中国文学最具希望的一批,是青年作家中的翘楚,是未来文坛的半壁江山。从这里出发,二十年过后,他们的确未负众望,为中国文学争得了至高荣誉,也几乎成为一代作家的代言人。

很显然,这成为北师大和鲁迅文学院一个共同的记忆,一笔不可多得的财富,无论从哪个角度看,他们都是两所学校引以为豪的历史。在这样一个背景下,重拾昔日文学教育的前缘,找回这一无双的荣耀,也就是很自然的事情了。

因了以上的缘由,2016年,北师大校方经过认真研究,参考过去的合作模式,从全校不多的单招单考的硕士名额中拿出了20个,交由文学院和国际写作中心,来寻求与鲁迅文学院合作,并在中国作家协会的大力支持下,于2017年秋季正式招收了"非全日制"学术型文学创作硕士研究生。为了省却过于烦琐的学科规制,我们在"中国现当代文学"专业的二级学科下,设立了"文学创作方向",并采用了"学术导师"加"创作导师"联合授课的培养模式,以给学员创造更为合适和充分的学习条件。鲁迅文学院则为他们提供居住和学习的物质条件,以及日常的管理,并拟在培养方案中结合鲁院的讲座制培养模式,两相结合,尽显特色互补的优势。

同时还必须指出，有几位至关重要的人物支持了这项事业：时任北师大的校领导，特别是董奇校长，对推助写作中心的文学教育工作给予了大力支持，在制定相关体制机制方面也给予了诸多指导。晚年在病中的童庆炳教授，多次勉励我们，要传承好过去的经验，大胆探索，争取把工作尽早落到实处。中国作家协会，作协党组，特别是铁凝主席，也给予了热诚关怀，时任书记处书记、分管鲁迅文学院工作的吉狄马加同志，则在工作中给予了非常具体的关心和指导。

参与该项工作，制定合作规划、培养方案、课程体系，以及日常服务管理等诸项事务的，便是本文的两位作者：时任鲁迅文学院常务副院长的邱华栋和北师大文学院负责研究生教育的副院长兼国际写作中心执行主任张清华。整个过程中，要想实现两个职能完全不同的单位之间的密切合作，在所有培养工作的环节上都无缝对接，是一个至为琐细的工作，难以尽述。好在这不是一个"工作汇报"，我们在此也就从略了。主要想说明的是，两校之间目前的合作进行得非常顺利，一切都在愿景之中。

迄今为止，该方向的研究生已经招收了三届，共56人。从总体情况看，达到了预期的要求。在学员中，有鲁迅文学奖获得者乔叶、鲁敏，有多位全国少数民族文学奖获得者，有"70后""80后"广有影响的青年作家，像东紫、杨遥、朱山坡、林森、马笑泉、高满航、闫文盛、曹谁、曾剑、王小王，等等，他们在文学创作上都已经有了相当出众的成绩，或是十分丰富的经验，然而他们共同的诉求，又都是对"充电"的渴望，有成为大家的梦想，所以因了冥冥中某种命运的感召，汇聚到了一起。

关于文学教育，历来也是分歧明显众说不一的。有人坚称"大学不培养作家"，这话在一定程度上是对的。大学的使命很多，成败的确不在乎是否出产了一两个作家。但这话的"潜台词"值得商榷——其意思是有偏见的或轻蔑的，是说"你培养不了作家"，"作家不是谁都能培养出来的"。这当然也对，没有哪个大学敢说自己"培养"了几个作家，而只能说，他们那儿"走出了"哪些作家和诗人。但这么说是否意味着文学教育的无必要呢？似乎也不能。因为按照上述逻辑，我们也可以反问，大学不能培养作家，难道就可以"培养"经济学家、政治家、科学家和法学家吗？谁又敢说他们"培养"了那些伟大和杰出的人物呢？

很显然，各行各业的杰出人才，都是很难通过"订制"来培养的。但从另一方面说，大学又必须为人才提供成长和受教育的条件，从这个角度看，宣称大学"不培养作家"又是不负责任的。回顾当代文学的历史，文学的变革和作家的成长，与大学教育的恢复和发展密切相关。"文革"及"文革"前大学教育的草创和荒芜时期，也出现过许多作家，但他们要么是从战争年代的洗礼中锻炼出来的，要么是在长期的自学中成长起来的。因为没有条件受到良好的教育，他们的文学道路多舛，艺术成长和成就也都受到了限制，这是人所共知的常识。正是"文革"后教育的全面恢复与发展，才使得文学事业出现了人才辈出蓬勃兴旺的局面。

所以，正确的理解应该是，作家是无法培养的，但文学教育是必需的。当然，文学教育对于高校而言，其目标确乎主要不是"培养作家"，而是为所有学生提供一个素质养成的环境条件，这才是成立国际写作中心、引进著名作家执教的核心意义所在。换句话说，能不能出产一两个作家或许不是最重要的，其培养的人才是否具备写作的能力，能否成为文学的内行才是重要的。传统的文学教育虽然有各种各样的问题，但是所培养的读书人大都是既能够研究，又可以写作的双料人才。新文学的早期，大学的文学教授也多是学者和作家两种身份集于一身的，之后才逐渐文脉不彰，大师不存，大学教育渐趋沦为了工具化和技术化的知识教育。

但无论如何，北师大与鲁院联办班的这一培养模式，其目标还是直接而干脆的，就是"培养作家"。当然，这培养不是从"育种"开始的，而是"选苗"和"移栽"的过程，甚至有的就属于"摘果子"。即便是后者也不是无意义的，当年莫言、余华、刘震云、迟子建等人，早在进来之前就是声名鹊起的青年作家了，录取他们无疑也是"摘果子"，但系统的阅读与学习，大学综合环境下的熏陶成长，谁敢说对于他们后来的写作没有助益？所以，我们坚信这一工作是有意义的。

最后再来说说这批作为"文学新势力"的新人。显然，他们大多属于"80后"至"90后"的一代，较之他们的前辈，这批新人的主要差异在于代际经验的不同。前代作家的成长期大都经历过历史的大波大澜，童年也大都有原初和完整的乡村生活经验，所以某种程度上还是受到"总体性经验"支配和支持的一代作家。莫言笔下的"高密东北乡"，可以说寄寓了他对于农业社会生存的全部感受和想象，也寄寓了他对于现当代中国历史巨变的全部记忆与理解，读之如读一部血火相生、正邪相伴、生死轮替、魔道互换的史诗。这种具有总体性和原生性的经验与美学，在下一代作家这里早已变得不可能，他们都命定地处在某种"晚生"和"后辈"的自我想象之中，不得不在碎片化、个体化的历史经验与记忆中探索前行。

  这些都并非新鲜的话题，只是重复了前人既成的说法。但这也是所谓"新势力"的根基与合法条件，"新"在哪里，又何以成为"势力"，这是需要我们想清楚的。在我们看来，所谓"新势力"其实就是指：一是有新的文化特质的，他们在文化上所拥有的"新人"特色或许很难用一两句话说清，但一定是更具有个性、自主性和独立思考的一代，是拥有新知和新的经验方式的一代，是用新的思维与视角看待人生与世界的一代，是在网络信息时代生存和写作的一代；二是有新的美学属性的，这些属性自然更难以总体性的概括来描述，但毫无疑问他们是具有陌生感的一族，是难以用传统范型所涵盖和统摄的一族，是游走和不确定的一族，是空间化和个体性得以充分彰显的一族，当然，也是相对琐屑和相对真实，相对平和和相对日常性的一族。有时我们觉得是这样满足，但有时我们又会觉得，他们离着理想的文学，离所谓普世的"世界文学"的距离越来越近了。

  旁观者说一千句，不及读者自己去观照、去体味其中的丰富和微妙。"总体性"之不存，我们的概括也自然显得苍白无力，不如读者们自己去一一打量和细细辨识。

  看，这就是"文学新势力"，他们来了。

"文学新势力"第二辑
出版说明

"文学新势力"第一辑于2020年初出版之后,引发了各界非常强烈的反响,也激发了文学创作专业的学子们更加高涨的创作热情。不只非全日制的"鲁院班"——北师大与鲁迅文学院合作招收的文学创作研究生班的同学,连全日制和其他专业的学生也纷纷发来他们的作品,希望能够加入这套文丛的后续出版。基于此,我们在当年,也就是2020年的下半年,又遴选了近二十部作品,经过专家与编辑的几轮精选,最终确定了第二辑的这十二部作品。但因为疫情等因素的影响,该辑的出版工作也一再延宕。现在终于面世,标志着我们的文学教育又有了新成果。

需要说明的是,本辑作品的构成,在文类上实现了多样性的变化。第一辑完全由中短篇小说集构成,而这一辑中,则有了超侠的科幻小说集、舒辉波的儿童文学作品集,有了闫文盛、向迅、曹谁等人的散文随笔集,同时也不再仅限于"鲁院班"学员,增加了毕业于全日制文学创作班的新锐青年作家,如目前工作于鲁迅文学院的崔君的小说集。从文类上说,该辑作品除了诗歌缺位以外，确乎显得丰富了许多。

另外，还须在此特别说明的是，截至该文丛出版之时，北师大与鲁迅文学院合作招收研究生的工作又延展了四年，至2023年，已招收了七届学员。负责鲁迅文学院工作的领导，也调整为吴义勤书记和徐可常务副院长；北师大文学院的领导以及研究生培养工作的负责人也发生了变更，所以本辑的编委会也做了相应的调整。

特别鸣谢中国作家协会张宏森书记，以及李敬泽、吴义勤副主席等领导的大力支持，也感谢北师大校领导以及文学院的大力支持；特别鸣谢济南出版社领导的鼎力托举。各方力量的凝结汇聚，才共同促成了此番盛举，为新一代青年学子和青年作家的成长营造了更好的环境。

2023年12月

# 序　言

第一人称叙述视域里的大生活书写

谢倩霓

舒辉波是近年来非常有影响力的儿童文学作家之一。他的《梦想是生命里的光》《石头剪刀布》等长篇小说作品在业界和读者群体中都产生了较好反响；短篇儿童小说这一体裁也是他进入儿童文学创作领域以来用力很深、用心耕耘的领地，同样产生了一批具有鲜明的艺术质地的优秀作品。

舒辉波的短篇儿童小说作品，大多取材于他熟悉的乡村生活，他很善于从一个乡村小男孩的视角出发，采用第一人称"我"的视角去讲述故事。收录在这部集子里的作品，绝大多数采用的正是这一叙述视角。这样的一种叙述方式，亲热，随和，直接用一种孩童天生具有的"神功"和感染力就将我们带入作品的情境之中，带入那片乡土上发生的形形色色的故事之中。这些作品，经常有着比较大的叙述野心，尽管叙述者是一个小小的

"我",但从"我"的眼里看出去的,却往往是展开在那一片作者熟悉的广袤的乡土之上的很大的人生,是横跨在这人生之上的长长的情感和一辈子的运命。《荞麦花开》就是其中很有代表性的一篇,这是一篇在情节安排、情感处理、主旨传达等诸方面都安置得恰到好处、浑然天成的优秀作品,作品用一连串饱含生活质感、充满巨大情感波澜但同时又深藏不露的情节描写了父亲错失的情感和一辈子的牵挂和忧伤,而当年目睹了这一切的小男孩、现在已经长大成人的"我"也同样在不经意间错失了自己的爱。这篇作品在一个小小的篇幅里,包含着具有全人类普适性的对人生、对生活深沉的感叹和体味。另一篇作品《燕子啊》也是其中比较突出的一篇,作品通过一场演出,通过一条红围巾,将一个失去了老婆的村长、一个失去了妈妈的表弟和一个失去了女儿的化妆师曹老师的生活交织在一起,描画了一群失去爱的人内心受到的伤害和痛楚。那种对人生场景的立体呈现和交叉展示体现了作者在组织材料和构架作品方面的功力。此外,《为我唱首歌吧》通过"我"与瞎子郭柏川的交往,描画了瞎子悲凉的一生;《乔老爷上轿》,同样还是从小男孩"我"的角度出发,讲述了一个听来的关于姑父的带点儿传奇和荒诞色彩的人生故事。

可以看出,虽然只是从一个乡村孩童的视角切入叙述,但与舒辉波的长篇小说一样,书写广阔、深厚的社会大生活和人生百态,将自己对生活深入的思考和体察不动声色地融入作品的情节和人物之中,仍然是舒辉波短篇儿童小说创作的一个非常鲜明的艺术体征;而"爱"的缺失和渴求、"爱"的表达和感受以及对

"爱"的赞美是舒辉波短篇儿童小说一个很重大的题旨。正是这两者的结合，使得舒辉波的短篇儿童小说具有立足于大地和乡土之上的社会性，具有深入心灵和情感世界的穿透力，显得大气深沉，富有厚重的内涵和质地。

但在个别作品中，有时这种叙述野心也会适得其反，因为过度关注成人的人生和纷杂的社会生活，免不了会忽略儿童本身，作为孩童的叙述者"我"可能就沦为了一个故事的旁观者或者客串者。对于儿童小说这一有自己一定特殊性的文体来说，可能就会留下一定的缺憾。同时，一些短篇作品承载了比较庞杂的社会内容，又很难找到更简洁的表达方式，有些时候也会显得内容大于形式。比如《为我唱首歌吧》《乔老爷上轿》等作品，或多或少会给人一些这样的感觉。这是作者在以后的写作过程中需要更加用心去把握的一个度。

同样是从一个小男孩的视角切入、从第一人称"我"出发讲述故事的，还有两篇描写动物的作品《黑将军》和《怀念一只鸟》，这两篇作品描写的都是乡村生活中最普通的动物，是乡人日常生活中自然而然的一分子。随着"我"的讲述，那头牛，那只鸟，却一步步凸显出它们作为一种生命个体的鲜活和意义来，它们一步步融入"我"的生活，甚至生命之中，变成了像"我"的家人一样的一种存在。我们不知不觉被带入这样一种缓缓流动的情感之流之中，也不知不觉成为其中密切关联的一分子；最后它们的失踪与死亡，引起了我们多么巨大的强烈的情感冲击！作者在这里书写的，虽然只是纯粹孩童视域里的普通动物，但那种对这一乡土上另一些生命形态的真挚描写和倾泻其间的深厚情感,依然让我们看到了一种大生活的抒写姿态。

于 2023 年"4·23 世界读书日"

目 录

黑将军　　　　　1

为我唱首歌吧　　25

小时候的爱情　　43

燕子啊　　　　　57

王老师　　　　　79

霸王别姬　　　　91

阁楼上的幽灵　　111

怀念一只鸟　　　133

乔老爷上轿　　156

荞麦花开　　177

这一刻，是无言的辉煌　　202

黑将军

一

飞鸟把美丽的翅膀,像折扇一样收起。

父亲像落阳一般沉默,却满心欢喜。

我三步一回头,跑在前方,再回转头来看它。黑夜提前来到了它的身上,除了三角形的头顶心有一圈白色的旋转而生的毛之外,它通体漆黑。

那时,它还不叫"黑将军",大概比我还小,刚离开了妈,三步一回头。

我望望含笑不语的太阳,它已经轻悄悄地滑到了西边的山脊。这时候,太阳和父亲一样,心满意足,不急了。

我可急坏了,见它恨不得走一步退三步,便回转奔跑,扬了扬手中的荆条杆,却舍不得抽打在它因为抗拒前行而微微撅起了尾巴的屁股上。

它的屁股饱满圆润,毛色光洁,在夕阳下闪着幽暗的微光。

它粗短结实的脖子梗着,别扭地昂起头,仿佛在看东边天上最早出现的那颗最亮的星。

它漆黑的眼睛那么明亮，湿漉漉的，仿佛夏夜的露水全落在了它的眸子里，湿润而忧伤。

父亲缠着它的主人整整谈了三个多小时，硬是把太阳谈得渐渐失去了耐心，一头歪在了刺槐树的树梢上。再不拿主意，太阳可是要下山了。

在这三个多小时的时间里，父亲曾经三次跑到一丈远的墙角，把怀里揣着的钱数了好几遍……还是那个数目，不会因为父亲数的次数多了，钱就能再多出一些。

它的主人虽然也一再让步，但是，距离双方成交还是有差距。

最后，父亲只好放弃了。

"母牛归你，我的钱，只够买这头小牛犊……"

耗了三个多小时，双方都很遗憾，但是，在清点钞票的时候，虽然疲惫，双方却也都有掩饰不住的欢喜。

我们赤脚踩踏在因为夏夜的露水而湿润了的草地上，翻越山岗。

夏虫鸣唱，脚步杂沓，呼吸粗重。

浸染了露水的万物，温润阒寂。

月亮那么明亮。

它不断地回望，也望不见妈妈。

偶尔，它会站立在月光下，明亮的眸子满是迷茫。

好几次，它昂起头来，耸动着湿润的黑鼻子，想要"哞哞"地叫，却终于什么声音都没有。

它低着头在月光下走得那么忧伤，我不知道它那时在想什么。

二

它像酣睡中被叫醒的孩子,迷迷瞪瞪地站在田野之中,大而湿润的眼睛满是迷茫。它微微仰着头,耸动着湿润油亮的黑色鼻孔。

父亲用绳子在它的头上打了个活结,没有用一根光滑的"丫"字形树枝穿过它的鼻孔。父亲说,它和我一样,正在生长。

初夏的风裹挟着新翻泥土的气息和花草的芬芳,让我们一起打了一个响亮的喷嚏。

它小心地靠近我,伸出它绛紫色的舌头舔了舔我的裤腿。

它开始低头用它细长坚韧的舌头卷起青草、野蔷薇带刺的嫩枝,还有刚刚盛开的花朵……这些,都被它的舌头卷进了口腔,很快,白色和绿色的汁液从它的嘴角溢出。

它仿佛接受了现在的命运——从此要在另外一个陌生的家庭生活,远离母亲。

我用一根柳条帮它驱赶油滑皮毛之上的蚊蝇,它的尾巴偶尔也会抽在我的手背上,会有一阵甜蜜而疼痛的战栗。

像池塘里才露尖尖角的荷叶,它的额顶鼓着两个鹌鹑蛋大小的包,它的犄角即将从这里长出,将来会是什么样子的呢?

我正小心地试探着用指肚去触摸它的犄角,它昂起了头,嘴巴轻微咀嚼,眼睛里有了亮晶晶的光。

它不断耸动着湿润的鼻子,分辨着夏风携带给它的消息……

烟火的气息,泥土的气息,花草的气息,太阳的气息,麦穗的气息,淡淡的农药味儿,还有缥缈的歌声,远处马路上汽车的马达声，都在这风里。

突然，它红着眼睛，别扭着脖子，要挣脱我手里的缰绳。

我绷直了双腿，伸过手去攥紧楝树的树枝，跟它讲着好话，求它别走。

我被它在草地上拖行了好远，终于，绳子从满是汗水的手心里滑落。

它微微扬起尾巴，跑成了田野里的一阵黑旋风。

我一边哭喊着追赶，一边恐惧得全身战栗。

因为我知道这头小牛犊对于我们家意味着什么，万一它跑了再也找不到了该怎么办？它跑这么快，会不会突然飞上了天？……

好在，虽然我被它甩下好远，但始终能够看见它。

它从田野跑进松林，它迎着风，后来就成了风的一部分，没有要停歇下来的意思。

我跑得肚子一阵阵剧痛，心脏"咚咚咚"像敲门那样急切地敲击着胸腔。

它跑进松林里了，我看不见它了。

我也跑进了松林，闻见了牛群特有的味道，也隐约听见了牛的"哞哞"叫。

松林里有好大一群牛，它果然就是奔它们而来的。

我弯着腰大口大口地喘气，一边斜着眼睛看因为它的加入而引起的牛群的骚动——它正努力地靠近一头黑色的母牛，但是，却被一头高大的公牛一头顶了个趔趄……

当它从草地上重新站立起来时，那头黑色的母牛扬起后蹄踢向了它的肚子……

我顾不得喘气,提起柳条冲进牛群,左右开弓,见牛打牛,把牛群驱散了,只剩下我的那头发呆失落的小牛犊。

突然,一声响亮的鞭子在空中炸响,那个老头骑着一头老牛,从松林的另一端过来了。

老头是我早就认识的,邻村的老铁头,单身汉,放牛为生,与牛为伍,靠牛吃饭,总是神神道道,每次见我们小孩总要骑着牛现身。

他能让一根长鞭子在空中炸响,他也能用鞭子隔着两三米的距离把柿子树上的一个柿子打碎。

我不敢再打他的牛了,再说,那根柳条已经被我打断了。

风吹过来,我打了个寒战,才知道衣服全湿透了。

我扭过头望着它,它不再去靠近那群渐行渐远的牛。只是,它不再吃草,湿润的眼角下两道泪痕把皮毛都打湿了。

这让它的眼睛变得那么明亮,水汪汪的,黑漆漆的。比最黑的夜还要黑,比最明亮的星还要亮。

只是那双眼睛看了就让人心碎,让人难过。我看了,午饭都吃不下,难怪,它也不想吃草了。

它奔袭追赶的那头母牛,并不是它的妈妈。

它不知道自己的妈妈哪儿去了,也不知道自己现在在哪儿,美丽的大眼睛只是装满忧伤。

至今悔恨,我不该和它一起发呆,应该过去,抱紧它的脖子……

三

中午一场暴雨过后,天晴了,洗干净的天空湛蓝湛蓝。

我赤着脚,半截身子都被沾满雨水的草丛打湿了。肥胖的蚂蚱鼓着翅膀"唰唰唰"地从我身边飞过,伸手去抓草叶上的蚂蚱,它带着钩刺的大腿用力蹬逃,飞了,在空中画出一道优美的弧线,我的手指肚滚出一滴圆圆的血珠。

我陪伴它两年了,它快三岁了,开始换牙了。

它"呼哧呼哧"地用舌头卷起青草,然后,"噌噌噌"地生长着。

我侧耳倾听,能听见稻田里稻子拔节生长的声音,隐约间甚至能闻见提早扬花的稻花香——我甚至都能听见自己心脏"咚咚"的跳动声,还是听不见它生长的声音。

它分明就比稻子长得快嘛。

后来,听到它放了个屁,一扬尾巴,拉出了一堆油光黑亮的牛粪——差点落在了我的脚上,很快苍蝇们"嗡嗡嗡"地落了过来。

我举着手指,让太阳光把指肚上的那滴血晒干。

忽然,我双手按在它的脊背上向上跃起,我想骑在它的背上,像那个老头一样。

可是,并没有成功,它太高了。

虽然没有成功,却把它吓坏了,它愣了一下,忽然扭过头向我顶了过来。幸亏看完功夫电影后我喜欢比画比画,身手还算矫健,躲开了。

它额顶上的犄角有我手掌那么长了。

它瞪着美丽的大眼睛,漆黑的睫毛有小拇指那么长,迷惑地望着我,不知道我到底要干什么。

我比画解释了一通,也说了不少好话。

它又开始低下头来吃草,我以为它懂了。可是,我再次试图骑在它背上的时候,它仍旧扭过头来顶我,而且,这次,它成功了。

我转身奔逃的时候被它一头撞在屁股上,摔了个狗啃泥。

那个老铁头是怎么做到的呢?

机会终于来了,水沟里的草生长丰茂,它站在水沟里啃着沟两边的嫩草——我站在沟沿上,一抬腿就可以轻易地骑在它的脊背上……

我真的这么做了,骑在它的背上,紧张得头顶直冒汗。

它愣了好久,不知所措。

然后,它小心地从水沟里爬了上来,踩踏着奇怪的步伐,仰着头打着转儿,像是一只想要衔住自己尾巴的小狗。

转了几圈之后,它又四处张望,也不吃草了。

那时,太阳快落了,那个放牛的老铁头也该回来了,我多希望他能看见我啊。如果,没有他,换作任何一个人都好啊。

"快看啊,快看我,我骑在牛背上,像一个英雄……"我心里恨不得快活地喊出声来。

没有任何一个人,风也不来,太阳不见了,西天一片绚烂的晚霞。

……

刚跳下来,还没有站稳,它突然冲着我顶了过来,我头一仰,从它的头顶飞过了它的身子,落在草丛里"哎哟"了好久。

我一边揉着跌成两瓣的屁股,一边想着我该怎样惩罚它的时候,它慢慢地走了过来,一下一下地舔着我的脚背……

时间到了1984年的9月,我也要上学了。

四

开学第一天,我就被一个高个子男生打了。

因为我上错了厕所。我哪儿知道厕所还分男女啊?我们家就只有一个厕所,如果里面有人,听见脚步声就会咳嗽一声。

我实在憋不住了,犹豫踌躇了好久才冲进去的……

我哭泣的时候想起了它的眼泪。

昨天,父亲像一座金人一样站在霞光里,国槐树旁一堆火,火里烧着一根火钳——当他把它牢牢地捆在国槐树上的时候才从火堆里提起那柄烧红的火钳。我起先和它一样,既不知道火堆里有火钳,也不知道父亲到底要干什么。

父亲让我给它搔痒,我就站在它的身后用小树枝一下一下地挠着它的大腿根部。我有经验,不管是帮猪还是猫还是狗挠痒,它们都会舒服地闭上眼睛躺下来,摊开四肢,放松警惕……

忽然,一股皮肉烧焦的味道钻入了我的鼻孔,我还没有来得及打喷嚏,就被它扬起后蹄踢飞了。

我飞了一段距离,才降落,大腿到第二天还疼。

刚才父亲把其中一根烧红了的火钳腿捅进了它的鼻孔,捅穿了两个鼻孔之间的鼻中隔。那股略带烤肉香的焦臭味儿就是这样飘进我的鼻孔的，它也是在那一瞬间受疼才由脑神经下达了飞踢后蹄命令的，我也是在那一瞬间飞起来的，父亲也是在那一瞬间抽出火钳腿然后把早已经准备好的"丫"字形的树枝插入它的鼻孔的。

它被穿了鼻子。

我跟它一样疼得直掉眼泪。

它惊慌的大眼睛里满是泪水，一颗颗落在地上，我撇了撇嘴巴，没有哭。因为我很好奇，想快点爬过去看"穿牛鼻子"到底是怎么回事儿……

它也很快不掉眼泪了，因为母亲为它端来了一盆兑了菜汤的稀饭。

我盯着女厕所上面那个大大的"女"字——那是我生平认识的第一个字——掉了一会儿眼泪，想了一会儿它，便上课去了。

上学并不好玩儿，第一天就挨打。不上学逃学也挨打，母亲用那根柳条狠狠地抽打在我的屁股上，折断成三截，她含着泪发誓，再逃学，一个字——打。

因为我上学要走很远的山路，常常会遇见目光冷峻的狼，所以，八岁才上学。八岁的我明白了一个道理，生在这个世界上，我们都是不自由的。比如说它，还没有成年，就被穿了牛鼻子，牵着走。

深秋的时候，我站在花生地旁，望着它四只蹄子深深地陷入松软的泥土中。它弓腰向前，牛轭头深深地嵌入它高高隆起的肩头。母亲在前牵着它的鼻子，它的鼻孔里淌着血。父亲在后，赤着上身，汗津津的，弯腰扶犁，像一张拉满了的弓。

他们的希望在这泥土里,也在我身上。

如果父亲是那柄拉满的弓,大概也是为了射出我这支箭。

它光滑的皮毛水淋淋的,在阳光下闪闪发光。脊背上有几道鞭痕,皮毛翻卷,红肿凸起,像几条凶恶的蛇在狰狞地游动。

> 谁不说咱苦耕田,
> 吃草干活还挨鞭。
> 哪是情愿做劳役,
> 缘于鼻子被人牵……

父亲犁地时唱的歌谣,高亢悲凉,声音直冲云霄,我的目光像一支响箭,追随他的声音,射向高天之外的高天……

在这样的歌唱中,我灵魂战栗,获得抚慰,感慨万千。不知道它是否也如是?

五

它终于有了自己的名字,就像它受伤流脓痊愈了的肩头有了厚厚的茧一样,在秋水河,这些都是生而为牛早晚会有的事儿。

它被叫作"黑将军"的那天,我看见黑滚珠一样的田鼠突然蹿过田野,满山的映山红同时开放。

和其他公牛相比,它更早地获得了过大的荣誉——很多公牛也许一生也无法获得。经过一个冬天的休养生息,春天来了的时候,它的个头比去年它前蹄腾空站起来还要高,头顶着两柄锋利的犄角像是枕戈待旦的将士,眼望远方,心在疆场。

战斗发生得很突然，虽然激烈，却很短暂。

在松林里，我们的一群牛和老铁头的一群牛交上了锋。

这样的交锋不是一次两次，起初，我们谁都没有在意。

问题出在老铁头牛群中的几头母牛身上，俊美健壮的它让好几头多情的母牛恋恋不舍，想要跟它耳鬓厮磨。

这是"独角"不许可的。

独角是一头好战的公牛，也因为好战，在前几年和另外一个村子的"牛魔王"大战的时候，失去了一只角。即便如此，它仍旧大败"牛魔王"，并追了好几个山头，以至于这几年，所有的公牛见了它都躲。

大概这就是"初生牛犊不怕虎"，当独角出面驱赶它的时候，它突然扭头反击，锋利的犄角刺伤了独角的脖子。

即便如此，独角仍然没有觉得自己遇见了对手。

它蹲踞在一个小山坡上，后蹄刨起的泥土挟带着青草和开满小黄花的委陵菊。独角远远地望着它，犹豫着是不是跟随牛群转移到另外的山头。

就在独角犹豫不定的时候，它从小山坡上俯冲下来，粗大的牛蹄甲带起飞扬的泥土，空气中有着被践踏的青草和泥土的气息，高大的松树棵棵直立，继续遮蔽着天空，紧张得忘记了让路。

如果你也如我一样在现场看到过它进攻的气势，一定会认为即便是一棵树，也会胆战心惊地为它让路。

独角毕竟是独角，临战经验相当丰富，只见它头一低迎了过去……

"嘭!"牛角相互撞击的声音……

独角的四只蹄甲一起向后滑去,犁开了青草地,留下了四道深深的沟痕。

接下来就是短兵相接,频繁碰撞。客观地讲,在力量上,独角有优势,但是它毕竟少了一只角。大败"牛魔王"之后,这些年,独角的权威几乎没有受到过挑战,也没有过什么实质性的交战。和独角相比,它渐渐在战斗中学会了更加熟练地运用它那一对锋利的犄角,眼看着独角处了下风……

我们每个人都在聚精会神地观战,老铁头的鞭子在空中炸响的时候,差点没把我们的小心脏吓出来。

这一声鞭响也让交战中的两头牛分了神,它趁独角分神之际,奔跑几步,高高地抬起前腿,把全身的力量都用在了犄角上,向着独角冲撞了过去。

独角被撞得前腿跪地,但很快就爬了起来,扭身奔逃。

它没有追击,而是回到第一次进攻的高地,仰头"哞哞",后蹄刨起许多泥土,像急雨一样纷纷飘落。

老铁头叹息一声,为独角,仿佛也为自己,声调苍凉,现在回想起来,有点儿英雄暮年的感觉。他说:"独角不去势,未必会输……"

那时我并不明白老铁头这句话是什么意思,直到后来才知道。

那时我只是傻傻地站着,像是望着一位英雄一样望着它,小心脏怦怦乱跳,心里满是骄傲,傻笑着,怯怯地,不敢向它靠近。

过了好久,是它主动走过来,低着头,舔着我的鞋子,然后,又仰起头来舔我的手。

我伸过手揉了揉它头顶那团白色的毛,跟着伙伴们一起叫它"黑将军"!

六

我迷上打陀螺了。为能玩儿个够,我和同学跑到了离学校不远的粮食收购站。为了晾晒粮食,那里有很大一块水泥地面。

玩得太开心了,中午也不舍得回家吃饭。

我们挥舞着手中的小鞭子,抽打着陀螺,头发被汗打湿了贴在额头上,汗水滑过鼻尖,也顾不上擦掉。

起初那小小的陀螺只是摇摇晃晃地转动,渐渐地站稳了,发出了"嗡嗡嗡"的轻微声响,仿佛可以永远这样旋转下去……

我们把两个旋转的陀螺用鞭子抽到一起,让它们相撞或者让它们比试,看谁的陀螺能够一直转下去。

它们真的就这么有耐心地旋转着,谁都不肯先歪一歪身子。

我们也提着鞭子,伸展着胳膊,脑袋上扬,望着一朵白云,像陀螺一样旋转。风过耳,吹落汗滴,天上的白云跟我们一起旋转得晕头转向却又欢呼雀跃。

大概鸟儿在天空中鸣唱,白云随着风飘的快乐,也是这个样子的。

黑将军就是在我最快乐的时候找到我的。父亲刚卸下牛轭锁,还没有来得及擦一把额头和脖子里的汗,它就挣脱了父亲,在看场人的大呼小叫中踩踏着晾晒的粮食,径直走到我的跟前。

13

它那么威风，却向我低下了头，顾不得喘一口气，连拉屎的时间都不舍得耽搁——黑将军在穿越晾谷场那片分摊均匀的麦子的时候一撅尾巴，把牛粪拉在了晒得铮铮响的谷子上，这也是看场人惊呼鬼叫的原因——它那么那么温柔地垂下头来，一下一下地舔着我的脚背，我的裤管，还有我摊开滴着汗的手掌……

等到头晕目眩的我从旋转飞翔着的白云里飞落地面，一切都晚了。

来公粮收购站交公粮的父亲明白了一切——我因为贪玩儿，中午不回家吃饭，并且还玩过了头，下午第一节课应该已经快要下课了……

父亲大吼一声，顾不得把粮食从板车上卸下，提了鞭子就要来抽我。

幸好我跑得快，而父亲恰好又在穿越晾谷场的时候被脚下的麦子滑了个趔趄……

晚上放学还没有到家，姐姐就告诉我父母都做好了收拾我的准备，就连溺爱我的奶奶也无能为力。

害怕挨父母打，我只好躲在床下面，竟然在担惊受怕中睡着了。醒来的时候，父母几乎要把整个村子翻个面，很多邻居也打着火把帮忙寻找我，他们甚至跑到了秋水河，把手电光照在河面上，看上面有没有漂浮着一个小孩……哪怕找到一只鞋子也行啊——哦，连我妈都忘记了，那时家里穷，从四月起，我就不穿鞋了……

多少年过去了，那件事情至今让我的家人津津乐道。

七

一到初夏，麦子就骄傲得不行，它们喜欢成片成片地站立着，在风里摇晃着颗粒饱满的头颅，喜欢把风的问候一个个地传递过去，交头接耳，耳鬓厮磨，发出"唰唰唰"的轻响。

人们说，这叫"麦浪"。

六年级要小升初，留在学校学习。我们三年级到五年级共三个年级要去给村委"义务劳动"。走了一个多小时的路，来到深山，割那么几大片麦子。

割麦子的时候我就想，等下午割完麦子后，我要去摘杏子。

山上的麦子熟得迟，刚好赶上摘杏子。同学们都说山上有好多杏子树，每颗杏子都又大又圆又黄又甜……我一边割麦，一边想得满嘴口水，也顾不上麦芒把脖子刺得通红一片。

中午就着山泉水吃了两大块锅贴，这下好了，书包里除了两本书之外，也空了，刚好可以装杏子。

下午三四点钟，麦子就割完了。

给村领导做饭的老姜头摇着头说："可惜了，这么好的麦子全被你们这群小畜生糟蹋了。"

回头望望身后的麦田，确实有不少麦子被踩踏或漏割了。可是又能怎样？"您知足吧，我们这群小畜生有的比手里的镰刀长不了多少。"

那时我读三年级，刚好有两个镰刀长。

我多希望同村里的几个同学跟我一起去山上寻找杏子，可是，他们都很乖，听老师的话，要快快回家。

刘伟华还笑着对我说:"太阳落,狼下坡,逮到大人当馍吃,逮着小孩当汤喝……"

我望了望头顶明晃晃的太阳,觉得光天化日,朗朗乾坤,既无恶鬼,也无饿狼,就提着镰刀背着书包翻山越岭地去寻找杏子去了。

深山老林里的静都是被那些声音给衬的。比如说,突然几只鸟儿拍着翅膀飞过头顶,"布谷布谷"地叫着,由远而近,再渐渐消失;比如说,突然,一阵剧烈而快速的敲门声,让人把心提到嗓子眼儿上了,再细细循声辨过去,是一只啄木鸟的长嘴巴用人们想象不到的频率敲着树干;比如说,一只孵蛋的野锦鸡,在灌木里蹲了好久,才突然"嘎"的一声大叫,飞上了天……

我昂着头,脖子都酸了,还是没有找到杏子树,倒是被这些声音弄得一惊一乍。突然就想起早些年放牛时候看见的小猪头。奶奶说,那是狼吃剩下的,留着猪头是"孝敬"天老爷的。

常常在茂盛的青草丛中,忽然一群苍蝇"嗡"地飞起,循着臭味,准能找到野狼吃剩的猎物。

这样胡思乱想一阵之后,我忽然觉得头皮发麻,后脊梁发冷,不由自主地回头望。

一回头,竟然看到一棵那么大的杏子树,上面果实累累,把树枝都压弯了。我捂着激动得怦怦乱跳的心走到杏树跟前。树下也是一层黄澄澄的杏子——落了一地,几只啄食果实的小鸟儿见我来了,才不慌不忙地跃上枝头。

真甜!我捡了一颗新鲜的杏子尝了尝,酸甜的汁液自口腔沁入了肺腑……

我从树上下来的时候，书包实在装不下了，抽出那几本像奶奶的破布卷儿一样的书，犹豫了一下，扔了。反正就要期末考试了，我都会了。

又犹豫了一下，我把那几张考了满分的试卷也扔了。

就又可以多装一些杏子了。我一边捡拾草地上的果实，一边想着：奶奶会喜欢的，妹妹会喜欢的，姐姐会喜欢的，父母也会喜欢的，嗯，还可以给黑将军尝尝……

蜜蜂从花蕊中飞出来的时候，因为收获太过沉重，常常飞得歪歪斜斜——我像贪心的蜜蜂那样，背着满满一书包杏子，侧着身子，走得歪歪斜斜，却志得意满。

仰头望了望天，才忽然发现光线暗淡了许多，难道太阳要下到山的那一头了吗？

我用提着镰刀的右手抹了一把额头上的汗，大声地唱着歌儿为自己打气，鸟儿"扑棱棱"地扇动着翅膀，在丛林中寻找着自己栖息的那棵树……

翻过两座山，穿出密密匝匝的丛林之后，心里稍微轻松了一点儿，我看到东山头又大又白的月亮升了起来。

晚风吹过来，我才意识到我唱歌的时候喉咙发紧——不知道是唱歌太久了呢，还是心里的害怕像沉重的暮色一样在一点一点地攥紧我。

我吞了口口水，正准备接着唱不着调的歌谣时，突然感觉后面有什么东西跟随着我——有时，我一个人在伸手不见五指的黑夜上厕所或走夜路的时候也会有这样的感觉，总觉得身后有什么东西跟着我。可是，回头望，却什么也没有。

今天，这样的感觉让我的头皮发麻，而且，不敢回头望。可是，越是不敢回头望，越是觉得身后有什么东西跟着我……

或者说，我感觉到了一种让我紧张而恐惧的气息，这样的气息正像夜色一样，一点一点地包裹着我。

它的脚步轻轻巧巧，落地无声，就像霜落在草地上，月光落在水面上……

我大吼一声，唱起了国歌。

我唱得铿锵有力，渐渐地觉得这样的恐惧只是自己吓自己，是一种错觉。可是，当我唱到"中华民族到了最危险的时候……"时，心里又"咯噔"了一声，嗓音和声调全变了。

我想，我不能跑，也不能慌张，更不要回头望。

尽管我一再告诫自己不要回头望，可是，还是忍不住回头望了，只瞟了那么一眼，牙齿便开始"咯咯咯"地打战。

一条比我平时看到的狗要高大很多的东西，和我在同样的月光下。虽然只是匆匆的一瞟，我还是看见了它的尾巴拖垂着。

奶奶说过，狼和狗最大的不同就在于狗喜欢摇尾巴，而且，尾巴打卷向上，而狼则拖着尾巴。

八

我意识到自己手里还有一把锋利的镰刀的时候，用力地握了握刀柄，才发现手心里全是汗。

于是，我把镰刀换到了左手，把右手手心里的汗在上衣上蹭干。

吓了一跳，我的上衣竟然全湿了，像是刚从水里捞起来的一样。

脑门还在"噜噜噜"地冒冷汗。

我的脸因为恐惧如死灰一般,思想却电光石火般燃烧。我想起了奶奶讲过的许多和狼遭遇的故事,她小时候放羊,曾经用手里的鞭子抽打着饿狼,硬是从狼口中救下了一只小羊……

我上下牙床上的牙齿"咯咯咯"地碰撞着,胆战心惊地宽慰着自己,我虽然没有鞭子,但是,有镰刀啊……

就这样,我匆匆忙忙地走了一段路,又下了一个山岗,拐弯的时候,我又偷偷地瞟了一眼身后。

它和我之间的距离更近了。

如果它再不下决心进攻我,那么,再翻过一个山岗,就到了我们经常放牛的松林了,那里离家已经很近了。

很显然,它也知道这个道理。因为,我发现,它这时已经不想隐蔽自己了,有时还故意弄出一些声响,是在试探我的反应吗?

我腿一软,差点歪倒在地,杏子从书包里漏掉了好几颗,也顾不得捡了。嗓子干得不行,想大声呼救都发不出声来。

忽然,月光下一个庞然大物正迎面向着我走来……

这样的大块头,天啊,难道还有黑熊?

可是,听奶奶说已经有好几十年没有遇见过熊瞎子了啊……

前是熊,后是狼,我死定了。

我愣了愣,不知道该继续向前还是转身退后。

忽然,我想起来,可以上树啊!

我望了望身旁的这棵松树,就算我发挥正常,能以最快的速度爬到树上去，估计，我一动念，走到树下，还没有开始爬，无论是熊，还是狼，它们都能在我开始爬树之前把我拉下来……

我举了举镰刀，把"咯咯"响的牙齿咬紧，回转身去，那条狼已经不见了，而那个庞然大物在月色下却越近越清晰。

是我的黑将军啊！

它走到我的跟前，低下头，轻轻地舔着我的裤脚，我举起汗津津的手，让它舔我的手。

黑将军拖着一截绳子，是父亲没有拴紧呢，还是它挣脱了？

我搂着黑将军粗壮紧实的脖子，在月光下默默地哭着。

哭了一会儿，我又回头望，只是一片白茫茫的月光，狼大概是被黑将军吓跑了。

我就这样抱着黑将军的脖子，簇拥着它，在月光下往家的方向走，那里应该有一片灯火人家。

可是，一拐弯，我愣住了，那个高高的山岗上，蹲坐着的不正是刚刚消失在月光下的狼吗？

它挡住了我们前进的方向。

黑将军喷着响鼻，低下头，用前蹄刨着地面，飞溅起来的泥土石子儿，击打在松树的枝干上，发出"咚咚咚"的声响。

那头狼，站起身来，伸了个懒腰，一副百无聊赖的样子。

我和黑将军都有点儿拿不定主意，到底是过去还是再等等呢？

那头狼，转了几圈，并没有进攻的意思，竟然像一条狗一样，卧了下来，把头搁在两爪之间的地面上。

月光透过松林的枝杈影影绰绰地落在它的身上。

忽然,我听见了"噼啪"一声响,好熟悉的声音啊。

听声音,是在我的身后。

我扭过头去,只见另有一头狼,低着头,前肢半跪在地上,也被这声音吓了一跳,正偏了偏头,竖起耳朵,一动不动。

它离我只有两三米的距离,借着月光,我看得如此清晰。它灰色的泛着油光的皮毛,缺了一半的左耳,开到耳边的黑色嘴巴和嘴巴里露出的森森白牙……

卧在我们前面挡住我们去路的那头狼,双爪按地,半蹲了起来,两只耳朵完好无损。

又是一声"噼啪"响,比过年时候最喜欢玩儿的二踢脚还要响。

那个骑牛的老铁头出现了。

他骑在那头老牛身上,身后还跟了一头小牛犊——估计这是从牛群里落单走失了的小牛犊——老铁头喜欢放牛的时候喝酒,往往喝多了就睡着了,睡着了,就会落下一两头牛在山上。

那天大概也是这个原因,他才会突然在我身后出现。

老铁头长长的鞭子在空中再次炸响,我看见身前身后的两头狼都悄无声息地消失在了松林中,几乎是一眨眼之间。

随着它们的消失,像月光一样包裹着我的那种恐怖氛围一下子就没有了。

月朗风清。

只是老铁头骑着的那头老牛被两头狼吓着了,发足狂奔,把老铁头从牛背上掀了下来。

我去扶他,他不让,自己一瘸一拐地追赶着在不远处等着他的那头老牛。

终于明白,他为什么每次都要骑牛出现在我们面前,原来他有腿疾,是个瘸子。

九

在学校里做题的时候,我常常会想起黑将军,想起它来,仿佛就有了力量。那一个个难题,就像一头头妄想挑战它不断长大的小公牛,它们一个个地红着眼,向着黑将军发起进攻,然后,再一个个地败在黑将军一双锋利的犄角之下——那些仿佛永远无法解答的难题,也败在我的笔尖之下。

我因为把自己想象成黑将军而有了魔力,笔尖也像一只鸟儿灵巧的嘴巴,在纸面上"剥啄"地响着,解开那些看似千千结的难题。

那时,我已经住校了,进入总也吃不饱饭却常常陷入孤独和迷惘的青春期。我望着窗外自由飞翔的鸟儿,往往是夏天快要到了,还不知道换下冬天的厚衣服,往往是飘起了雪花,才知道没有可以御寒的冬衣。

面对生活和学习上的困难,我常常拱一拱肩,仿佛身后有着一张无形的犁铧。像黑将军那样,我让犁铧深深插入泥土,让泥土像风吹水浪一样翻滚在身后。

我还常常想起,那次我逃课玩陀螺的时候,父亲赤着身子,弓着腰,把一麻袋两百斤重的小麦扛在肩上,晃晃悠悠地走过用两块窄木板搭就的接近五米高的浮桥——浮桥的一端在平地,一端是高高耸起的粮仓——父亲剃着光头,脑门上都是汗,全身的汗水使他看起来仿佛是在阳光下镀了金身的弥勒，只是他没有弥勒的笑容，只是咬着牙，鼓着腮帮，肩负着命运赐给他的幸福和苦痛。

我终于找了个机会从书山题海中回到家，看到黑将军的时候，我发现它愣了愣，在见到我的一瞬间眼睛里有了光。

它像往常一样，低着头，缓缓地走过来，舔我的脚背，舔我的裤脚，舔我的手……

只是，我发现它走路的样子很怪。很快，我就发现了原因。

它被去势了。

父亲说，为了省钱，就请邻村里的老铁头做的手术，很不成功，有点儿感染了。

我看见黑将军后腿之间肿大了两倍的牛睾丸，淅沥着血水，沾满了苍蝇，心里一阵翻江倒海的折腾，想吐，没有吐出来，全变成了心绞痛。我跌坐在地上，满脸泪水地望着黑将军，它一下一下地舔着我的手掌。

我发现它初见我时眼睛里的光，化成了泪水淌了下来——眼神黯淡了不少。

它长长的睫毛像鸟儿展开的翅膀那样美丽，它眨了眨眼睛，又流出一行泪水，眼睛里的光更少了一些。

泪水在它的脸上留下了两道湿痕，它的皮毛竟然有些皱缩翻卷，脊背上一道道的鞭痕，结成了硬痂，上面寸毛不生。

这是我第三次看见黑将军流泪，后来，这泪水我全还给了它，是在我读高中的时候。

因为我长期在外地求学，很少回家，黑将军已经渐渐不认识我了,不记得伴随着它一起成长的那个男孩了。而那头在月光下一步三回头的小牛犊,那头在松林中挑战独角一战成名的黑将军,那头还能感应到小主人危难以身护主与狼对峙的黑将军,也日渐老去……

那是高二的寒假,长期吃不饱饭的我因为一顿美餐吃得大汗淋漓,只是,家里的气氛不对,大家都有些沉默,仿佛对我掩饰着什么。

吃完饭后,我问:"这是什么肉,怎么这样好吃?"

父母都顾左右而言他,我一下子就明白了,去牛圈里找黑将军。

牛圈里空空的,但我能闻见它留下的气息。

黑将军是邻村的老铁头杀的,父亲说,它没有遭罪,它活着才是遭罪呢,肉是老铁头送过来的……

我蹲在牛圈门口蹲了好久,我以为我会哭,但是,却一滴眼泪也没有。闭着眼睛,仿佛看到黑将军来了,我嘴巴一张,想要呼唤"黑将军"的名字,却一口酸水呕了出来,接下来,就是呕吐,一边呕吐,一边流眼泪。

吐完之后,我整个人像是大病一场,虚脱了,正准备站起来的时候,它真的来了,还是那样低着头,舔着我的脚背,我的裤脚……

我伸出手,好让它绛紫色的舌头舔我的手心。没有动静,睁开眼睛,没有黑将军。眼前是一大片绿油油的冬麦,和一大块黑将军翻过的土地。

为我唱首歌吧

一

悲伤和快乐都来得那么突然,在我七岁的时候,那是一个春天。

那段时间,母亲每天早上都拎起那只黑母鸡的翅膀,然后再把它像放一只水壶一样地放在一边,它竟然也心安理得地摊开翅膀去温暖那几颗用蛋壳做成的假蛋——那是奶奶用几个打过的鸡蛋蛋壳胶合在一起做成的,目的是引诱母鸡定点下蛋——我想,即便是把它放在一堆土豆上,它也会摊开翅膀去孵化它们的。

因为它已经孵了大半个月的小鸡了,母亲说,它已经迷糊了。

然后,母亲把黑母鸡翅羽之下的一堆鸡蛋放在一盆清水中,目不转睛地盯着,然后摇摇头,挑走几个没有生命迹象的坏蛋。

我人生中第一次感受到生命的神奇,就是看那些漂浮在清水中的鸡蛋,它们竟然会在水中游动!——那是生命的沉浮。当然,坏蛋除外。

除了坏蛋,还有破壳之后被压死的、踩死的,还有病死的,最终，那堆鸡蛋中能够变成健康的小鸡，像一群小绒球一样滚动在草地上的，刚刚十只。所以，当其中的一只被恶老鹰叼走之后，母亲有多么痛恨我。

母亲打我的时候毫不留情。

正打得起劲儿的时候，隔壁的姑姑喊母亲去赶集，母亲就扔了柳条换衣服去了。

我是因为看家里的小花狗扭着圈儿咬尾巴才疏忽了看守小鸡的，我追了那只恶老鹰好远，小花狗也狗仗人势地跟着我追，但是鹰飞了。

妈妈换衣服的时候，我抹了一把眼泪，提了裤子——母亲心疼衣服，为了不把裤子打烂，每次她揍我时总是先褪下我的裤子——捡起柳条，准备去揍小花狗，可是，那狗东西不知道跑哪儿去了。

换好衣服的母亲把小鸡关进了鸡笼，说，赶集去吧，去给你买本子和笔，你该念书了，留你在家里也没有用，小鸡都看不住。

我赶紧跑过去牵起了母亲的手，欢蹦乱跳得像那只小花狗。出门的时候隐约听见奶奶在身后喊话。

"到瞎子那里给我买几个酒曲……"

二

那场雨毫无征兆地来了，肯定是为他预备的，为的是让他登场，为的是让我看到。

不然呢，他就淹没在熙熙攘攘的人群中，尽管他的身材是那么高大，尽管他的叫卖声是那么动人。七岁的我，被裹挟在人群中只能看到大同小异的肚子、腰、后背和髋部。各种气味和各种声音混杂在一起，我耸着鼻子寻找卖麻花的摊位，捏着母亲给的一毛钱，鼻尖和手心都是汗。

是那场雨驱散了人群，我望见他矗立在我的跟前，穿着黑色的麻布长衫，背着灰色的布袋，胡须和眉毛一样长，一样挂着亮晶晶的雨滴。

"酒曲儿——老鼠药——哦……"那样的腔调实在特别，甚至至今仍然会在我的耳边回响，我却无法言尽这悠扬腔调里的苍凉、戏谑、无奈和自嘲。当然，七岁的我要单纯很多，只是觉得这叫卖声动听。

我立在他的跟前，还想听他的卖唱——因为他的叫卖是唱出来的，所以，我叫他"卖——唱"。但是，他却开始侧耳聆听，然后仰脸望天。

那时，我才注意到他长长的眉毛下面，眼窝深陷，一双几乎完全被眼皮覆盖着的眼眸里没有光，是永恒的黑暗。

他被一个扎着羊角辫的小女孩牵到了街边油榨坊临街搭起的油毛毡毡棚下，那是油榨坊老板的女儿，后来成了我的同桌。

当他在长条凳上坐定后，几个总在街上混的大孩子围了过来。

"瞎子，给爷们儿唱段儿！"

"都说你会唱'十八摸'……"

他们放肆地笑着，见瞎子不理他们，就死乞白赖地跟油榨坊的老板要烟抽。今天，油榨坊里没有生意。

我想，出门时奶奶说到的瞎子应该就是这个人吧？大半是出于好奇，我把手里捏着的一毛钱递给了瞎子，还没有来得及告诉他我是买酒曲还是买毒药，就被一个眼尖的少年抢了过去。

"瞎子，小爷帮你看看，这钱是真的还是假的……"

然后，这一毛钱就在这些大孩子手中飞快地传来传去，我眼花缭乱，在他们一哄而散的时候，我根本不知道那一毛钱传到了谁的手中。

"孩子，你是要酒曲还是老鼠药？"瞎子的样子，像是在专注地听着油毛毡毡棚屋檐下的滴雨。

我摇了摇头，摇完头后笑了，才想起他看不到，心里却在纳闷，他怎么知道我是个孩子？

"给！"瞎子从布袋里摸出了几颗酒曲丸子。

我犹豫了一下，准备跑掉，不然妈妈知道了又要揍我了。

"你说句话吧，"瞎子说，"不然，我不知道是你。"

"我走了。"我憋了好久，才喊出这句话，然后跑进了迷蒙的春雨中。

三

他说是蜜蜂和蝴蝶牵着他来到这片河畔的草地上，他还说，他单是凭着鼻子，就能够知道每朵红蓼花站在什么地方。

他还告诉我，耳朵、鼻子和舌头，也能像眼睛一样，认出熟人，看到花开。

可是，我闭上眼睛，竖着耳朵，耸着鼻子，却走进了河沟里，一双鞋子湿透了。我想起了母亲揍我的时候喜欢骂我是"扫帚星"。

当我跌入水沟的时候，我也这么骂了一句"扫帚星！"，我想起第一次遇见他好像也没有发生什么好事儿。

可是，他却笑了，露出了缺了门牙的嘴巴。

"我一直在等你呢，你再不来，红蓼花都要落了。"弄湿了母亲为我刚做好的鞋子，肯定又是一顿暴打，可是，他却无动于衷地笑，笑得那么开心，像个没心没肺的孩子。

我皱着眉头，不知道该拿染了污泥的鞋子怎么办才好。真是后悔，不该跑到这里来。

今天父亲到油榨坊榨油，春天的油菜籽儿熟了。下午的时候，集市早散了，没有什么好玩儿的。母亲为我秋天上学时新做的鞋子有点儿磨脚，我想踩踩它。弯过背街，来到秋水河畔的花草地上，远远地就觉得那个穿长衫的人像上次遇见的那个瞎子。

我站在那儿，看着他弯腰一朵又一朵地采摘酒曲花的花穗，再一朵一朵地放进自己的灰布袋里。

真是奇怪，瞎子怎么每次伸手都能恰好掐下一整朵酒曲花呢？难道不应该是摸索着下手吗？

"是你吗？"正当我犹豫着是不是该跑开——也许这会儿父亲已经榨好油了，这时瞎子说话了。

"不是我！"

瞎子和我都笑了。

"走吧，我为你刷鞋子。"瞎子伸了手要牵我，但是，我缩了手，走在他的前面。

蝴蝶和蜜蜂从齐我腰际的花草间穿梭飞舞，还有纷纷扬扬的蚂蚱，在下午的阳光下振翅飞起，又远远落下。

29

跨过一条水沟，我又跨回来，牵起了他的衣襟。

"水蓼冷花红簌簌，江蓠湿叶碧萋萋……"他又笑了，拍拍灰布袋里的大半袋酒曲花说，"红蓼花就是酒曲花，喜欢生在水边——对不住了，让你湿了鞋子。"

我不知道他在讲什么，我只是想快点把鞋子上的污泥弄干净，低头看鞋子的时候才发现，他的鞋子和裤脚全是泥。

"真好，真好！"他搓着手，灰黑的脸上仿佛有了红晕，像是喝多了自己酿的美酒，"你来了！红蓼花开得正好呢！"

瞎子都这么啰唆吗？穿过那片伴水而生的花草地后，我丢下了他的衣襟，把手指凑在鼻子上闻了闻，皱了皱眉头问："还有多远啊？"

"就到了，"瞎子说，"我叫郭柏川，以后你就喊我'郭柏川'。"

我张了张嘴巴，看见他钻进了临街搭建的一个油毛毡棚里去了。他站在屋内的阴影中望着我笑，我站在阳光下犹豫着，鼻子里全是酒曲花的花香，我看见门口支着两个筛子，大的上面晾着酒曲花，小的上面晾着芝麻花。

四

是漆黑的夜，才使得星光那么璀璨。每一颗星，都是一只明亮的眼睛，它们温柔的凝望，抚平了我的愤怒，却使我忧伤了起来。

"郭柏川，你给我出来！"我梗着脖子，立在暗夜里的毡棚前，我要在下一秒就牵着这个瞎子，把他带到我母亲的跟前，洗清我的冤屈。

可是，没有人应。我犹豫了一会儿，伸手推门，才发现，门上了锁。

我刚刚转身，就远远地望见星空下，一个高高大大的黑影，右手夹着一抱青幽幽的茅草，左手提着一把寒光闪闪的镰刀。

是那柄锋利的镰刀让我犹豫了，我原本是要冲上去扯住他的胳膊，把他像押送犯人一样押送到我母亲跟前的。

"是你吗？"他笑着问。

"……"别当我是小孩子，指望我再愚蠢地说"不是我"。

"钥匙放在门槛下。"瞎子从我的呼吸声中感觉到了异样，却什么都没有问。他弯身摸出钥匙，打开了门："钥匙本来放在门楣上，我怕你够不着，转到下面来了。"

我才不想听瞎子轻言细语，我再也不会到这个狗窝棚里来了。

"像个狗窝棚，是吗？"瞎子从屋里端出了一碗凉米酒，不像上次的那碗，没有鸡蛋，"尝一尝，今年的新酒！"

我想起上次鞋子脏了，就是坐在毡棚前的小椅子上吃完了那碗放了鸡蛋还加了桂花的酒酿，如果能再吃上一碗，我愿意再挨一次打。

"尝尝吧，我还有一碗大的。"瞎子递给我这碗后，果然又端了一大碗酒酿。

我就着星光，喝下了那碗新酒酿，怎么会那么好喝呢？

"因为我做酒曲的时候，一定就着月光，星光也行！"瞎子把小碗放进大碗，再把大碗放在墙角，把小筛子里的芝麻花倒进大

31

筛子里的酒曲花中，用手拌了拌，捧起一捧，放进刚才放筛子的石臼里，坐在小马扎上，开始用石杵捣那些红的和白的花儿。

那些半开的酒曲花和半开的芝麻花被晒得半干，浸润了夜露之后，很容易就被捣成了花泥。瞎子用手捏了捏花泥，点了点头，起身把事先捣碎的糯米粉掺进花泥，拌匀后取出一团，合在手心，不断地搓揉，最后做成了荸荠大小的酒曲丸子。

我忍不住也伸了手，如法炮制，也搓出了一个个滚圆的酒曲丸子。

我们把做好的酒曲丸子重新放回筛子里，上面盖上瞎子刚割下的新鲜茅草。

"放上一天一夜，发酵后的酒曲便会长出满身的白色小绒毛，这时，就能闻见混合着茅草和蓼花的香甜气息啦，然后，就可以撤去茅草，拿出来晾晒喽……"

瞎子均匀地盖上新鲜的茅草后，把筛子端进了屋里，说："孩子，我们走吧！我送你回去。"

我这才想起，我来这儿是为了什么。

上次在瞎子这儿刷净鞋子，吃了酒酿，他坚持要补上上次欠我的两颗酒曲。

"五分钱一颗，我不多给你。"奇怪，他怎么知道上次我给的是一毛钱呢？

瞎子见我死活不肯收下，也没有坚持，只是，我不知道他竟然偷偷地放进了我的衣兜里，也不知道过了多久，被妈妈洗衣服的时候搜见了。

"你知不知道，五年前陈星志就是因为常常偷瞎子的酒曲，后来偷了掺毒药的酒曲做酒酿……"母亲一边用柳条抽我，一边愤怒地骂道，"你不要命了？就算不是老鼠药，也不能偷东西，更不能欺负一个瞎子！"

瞎子的老鼠药绝，掺在酒曲里，老鼠爱吃。

母亲越打越起劲儿，打折了柳条，一巴掌呼了过来，把我的鼻子打出了血。她愣了愣，也觉得自己出手重了。

我就不擦鼻血，半仰着头，想永远离开这个家。可是，走了一会儿，心慌了，不知道到底要去哪儿。又走了一会儿，就决定去找瞎子算账，让他到母亲跟前，还我一个清白。可是，此刻，我仰望着漫天的星光，早没有了愤怒，只是心里漾起了一层层酒酿一般甜蜜的忧伤，有点儿难过，却很美好。

五

世界上最珍贵的东西，其实是看不见，也听不到的。

"那你怎么知道……你怎么就确定它存在？"我想了好久，才把自己的疑惑表达清楚。郭柏川在暗夜的星光下大步流星，我跌跌撞撞地跟在后面。

"用心去感觉！"郭柏川回过头来，仿佛是看着我，又仿佛是看着阒寂的暗夜，说，"比如你的善良……"

我一下子就懂了，快走几步，牵起了他的手。

"你为什么要把老鼠药和酒曲放在一起？"

郭柏川愣了一会儿，好久不说话，我感觉到他冰冷的手心全是汗。最后，他叹了一口气说："我的布袋从中间分了两个，一个装着没掺毒药的酒曲，一个装着掺了毒药的酒曲——现在，毒药是方形的，酒曲是圆形的，不一样了……"

"先前是一样的？"

"是啊！"郭柏川又叹了一口气，"那个孩子太淘气，幸好不至于丧命，唉，他不听我的……"

"为这个你坐过牢？"

"我是有罪之人……"

"先前为什么要把毒药和酒曲做成一个样子？"

"那是我为自己做的，"穿越黑松林的时候，郭柏川说，"我给你讲个故事吧。"

"先前有个拉胡琴唱小曲儿的男人，他走街串巷，卖艺为生。有一天，他遇见了一个讨饭的小姑娘，刚死了爹，怪可怜，就时不时地接济她。可是，这也不是长久之计啊。后来，那男人见她人聪明，嗓子也好，就教她唱曲儿。渐渐地，男人就只拉悠扬的胡琴，姑娘脆生生地唱曲儿。走街串巷，一天下来，混个肚子圆，还能存下一些钱。他俩就想安个家，因为姑娘依赖这个男人，男人也喜欢这个姑娘。

"于是，就安了家。房子很小，却能遮风避雨。

"再后来，姑娘肚子大了，跑不动了，就守在家里为孩子做各种小衣裳。男人就一个人跑，想让孩子将来有钱念书，也想教他唱曲儿……想着想着，全身都是劲儿，也不知道累。有时，为了多挣几个钱，就跑远了，等他揣着满满一兜钱回来的时候，才发现姑娘早产，失血过多，和孩子一起死了……手脚都冷了，一屋子苍蝇。"

我听明白这个故事了，就哭了。

漫天星光下，松涛阵阵。

"那个姑娘叫'红蓼'。"郭柏川说，"'水际芦青荷叶黄，霜前木落蓼花香'——红蓼多好看啊，生在水旁，婀娜多姿，那个男人找了好多写'红蓼'的诗，抄在纸上，在她的坟前烧了。"

"难怪秋水河，就你一个人把'酒曲花'叫'红蓼'……"我决定，从此以后，我也要把"酒曲花"叫成"红蓼花"。

"你……你太聪明，唉，也不好。"郭柏川摇着头，笑得好难看。我想，如果他有一副墨镜就好看多了。他搓着手说："我又没有说，那个男人就是我……"

"你也不想活了，所以，就做了好酒曲，也做了毒酒曲，你故意做成一模一样的，看看她是让你选酒曲，还是毒药？"

"她是谁？"

"红蓼。"我定定地望着他，不走了，再走就到村子里了，已经能够看见村子里的灯火了。

郭柏川摆了摆手，梗着脖子，说不出话来，然后一跺脚，转身又钻进了黑松林，从阵阵松涛声中，隐约传来好听的曲子：

谁怜贱子启穷途，太守封来酒一壶。
攻破是非浑似梦，削平身世有如无。
醺醺若借嵇康懒，兀兀仍添宁武愚。
犹念悲秋更分赐，夹溪红蓼映风蒲。

六

是明媚的阳光，造就了我们地上的阴影，不是月黑风高，也不是大雪连天。

这些，你都看不到啊……读二年级的时候，我开始不喜欢自己的自作聪明，这，总是让我不假思索地说出让人难堪的话来。

幸好郭柏川从来都是把我当个孩子，在我当了班长之后也是这样的。

可是，这些，我都经历过啊，我能感觉到！郭柏川咳嗽了几声，说："班长，你现在明白了吗？"

我笑了，我明白了他不光是在安慰我不要担心他的病，他是在告诉我更多他对于生命的体验。我隐约地能感觉到，却无法说得清楚，那关乎生命的幽暗和光亮，关乎人生的痛苦和欢乐……

就在我又一次以自己的聪明和悟性，试图去表述我领悟到的东西时，郭柏川咳嗽着从床上坐了起来，他叹了一口气，笑着说："为我唱首歌吧。"

瞎子的笑容真难看。

自从我上学之后，就学会了唱各种歌，有些是学校老师教的，有的是跟同学们学的，南腔北调的，有时候唱着唱着就跑了调，忘了词，但是郭柏川却很喜欢听。

家里人渐渐地知道了我和街上卖酒曲老鼠药的瞎子成了朋友，他们起初不相信，后来，见我总是带回家一些特别好的酒曲，也默许了我和他的交往。有时候奶奶还会问："好久没有听你说瞎子的消息了，他还好吗？"

我就会一阵愧疚，赶忙选一个休息日，兜里揣几枚奶奶塞给我的鸡蛋，去找他玩。

二年级下学期，我开始想尽一切办法赚钱，其中最好使的方法就是把奶奶塞到我衣兜里让我带给郭柏川的鸡蛋带到集市上卖了换钱。

两年前我就想给他买一副墨镜的，电影里的瞎子都戴墨镜。

只是，我的意志力太薄弱，往往卖了鸡蛋之后，就顺手拿钱买了麻花，钱总是攒不起来。好几次，我原本是要去看郭柏川的，结果吃了麻花之后，抹着满嘴的油，就犹豫了起来。

直到这次，隔壁的姑姑无意中提到那个卖酒曲老鼠药的瞎子病得不轻，她因为打农药轻微中毒，去医院的时候刚好碰到他了。

"怕是不行了……"

姑姑的这句话说得我眼泪"唰"地流了出来，直到看见他还活着，我心里才稍微好受点。

从最初以为他死了，到我悲伤地跟他问询，到他揶揄地叫我"班长"，我的心情是一点一点快活了起来。于是，我就想唱一首更快活的歌谣：

太阳当空照，花儿对我笑，小鸟说早早早，你为什么背上"炸药包"？……

我还没有唱完，就笑得弯下了腰，用拳头捶着膝盖。

郭柏川也皱着眉头笑得咳嗽了起来。

我想，郭柏川的那个小毡房，肯定是这么多年来第一次装了这么快活的笑声，我感觉油毡屋顶和门框都抖擞起来，也跟着我们笑了，笑得都有些歪歪倒倒的了。

直到我看见郭柏川因为咳嗽和笑容而扭曲着的脸庞上滑下了两道泪水，才愣住了，止住了笑。

泪水就是从那两个黑洞洞的眼睛里流出来的，那两只眼睛肯定装下了全宇宙的黑暗。

我的心沉了下去，不再笑了。

"我感觉好多了，"郭柏川笑着坐了起来，他说，"你净唱不正经的歌曲。现在，我给你唱个正经点的歌曲。"

他竟然像他歪歪倒倒的小屋子一样抖擞起了精神，下了床。趁他摸索着寻出两根漆黑油亮的简板时，我把兜里的鸡蛋放在了他的餐桌上，他仿佛全看在眼里，什么也没有说，拖了把椅子坐下，清了清嗓子，开始唱了起来：

　　长亭外，古道边，芳草碧连天。
　　晚风拂柳笛声残，夕阳山外山。
　　天之涯，地之角，知交半零落。
　　……
　　人生难得是欢聚，唯有别离多……

曲子还没有唱完，他就咳嗽起来，他一边咳嗽，一边笑着摆手，说："哎呀，我不该唱这首曲子的，坏了气氛……"

我从他的手里接过那两根细长光润的简板，不敢说话，因为他唱的这个歌曲让我流下了眼泪。

七

"我真该一直唱的！唱曲儿多好啊，风把它吹走了，可是，耳朵把它捡起来了，收在心里。"

我望着我的朋友，他熬过了冬天，但只剩下了一副骨骼，这从他蜡黄的脸庞就能看得出——一个骷髅的形状，比学校实验室的头颅骨骼只多了一张沧桑的脸，一蓬灰白的发，一把潦草的须。

我有多感激红蓼啊，幸好这个世界上还有红蓼，它每年都会开一次花。一定是因为红蓼还要开花，我的朋友才熬过了比黑暗更加漫长的病痛。

我已经学会了用他酿的米酒，为他做加了鸡蛋的酒酿。我不知道该说什么，于是，就走过去，把怀里那副带着我体温的墨镜戴在了他瘦骨嶙峋的脸颊上，刚刚好。

就在我起身准备洗刷他用过的碗筷时，他从被子下面伸出来的手，握住了我，他的手凉凉的。他用另一只手，推了推脸颊上的墨镜说："你知道我有多么感激你吗，我的朋友？幸好遇见你，我又开始唱了……"

"不啊，"我有点儿不习惯这样面对面地说出心里的情感，于是，抽掉我的手，一边收拾碗筷一边说，"你一直都在唱啊！"

他一脸茫然地望着我。

"酒曲儿——老鼠药——哦……"我仰着脖子，努力地把他的卖唱调模仿到最像。

我喊完了，小毡房里有过片刻的安静，是那种全世界都消失了一分钟那样的安静。这一分钟过了，全世界才一起回过神来，我们一起笑了。

他一边咳嗽一边笑着，然后摘下墨镜抹了把眼睛——其实毫无必要——然后戴上眼镜，叹息一声说："是啊！真是奇妙，一句话就唱完了我全部的人生……"

他那样讲的时候，仿佛墨镜后面有一双看透命运的眼睛，不是自怨自怜，而是容纳一切，甚至充满感激。

我们的人生都是美酒和毒药相伴的歌谣吗？即便是作为三年级的班长，我仍然觉得那是多么神秘而又深刻的表达……

就在我一边洗碗一边胡思乱想的时候，他摸索着慢慢地起床。我放下洁净的碗筷准备过去扶他的时候，他已经飘飘摇摇地下床了。

真好，他果然好了。

他打开了床头一个四角包铜的小箱子，取出了五本厚厚的本子，递给我说："这是我最珍贵的家当了——在别人眼里也就是破烂，我却当命一般……"

我借着窗口射进来的四月里的阳光，翻看着。有毛笔写的小楷，也有钢笔写的简谱，大概明白了，那全是他收集整理的一些曲牌和诗词。

"四乙四、五六工尺、六亿、乙尺乙四……"我翻到的一页全是繁体字，不认识，但是旁边许多斜着写的标注我认识，却不知道是什么意思。

"那是'工尺谱'，"郭柏川坐在我的近旁，安静地解释道，

"'工尺谱'是我们自己的记谱法……"

我觉得没意思,但又不好表露。

他的宝贝,我看不懂,他看不见。

"忘了吧,我的朋友,都是空……"他不再解释"工尺谱",忽然这么说道,让我莫名其妙。他接着认真而严肃地说:"忘了我上次给你讲的故事。"

"什么故事?"

"那个叫'红蓼'的姑娘和那个卖唱先生的故事,是我编的,"他叹息一声说,"眼睛瞎了之后,就编出了好多故事,到后来,我自己都信了……"

"好,"我眼睛里有了泪水,说,"我忘。"

"这就好,"他搓着手,说,"一切都是空——就像鸟儿消失在空中,就像人隐没在暗夜……"

"你再上街卖酒曲老鼠药的时候,记得戴我送的墨镜。"我觉得他活过来了,又可以穿长衫上街叫卖了。

"一定!一定!"我要出门的时候,他喊住我,问道,"红蓼花开了吧?"

八

我想一定不是蜜蜂蝴蝶对他撒了谎,而是我的朋友,他等不及了,虽然没有闻见红蓼花香,但是,他闻见了红蓼的气息,暖暖的,正在阳光下酝酿着花开。

他是好几天后被下泥鳅黄鳝篓子的老李发现的。老李我是认识的,干瘦,一张脸像松树皮一样黢黑,翻卷着。他在逢五的集市上卖从秋水河捕得的泥鳅和黄鳝。

当时郭柏川身子扑地，脸面侧歪，微仰，墨镜的一条腿被压断了，浅水一直淹没到他的鼻尖。

在他的身旁，几枝红蓼花刚刚盛开，蜜蜂和蝴蝶蹬踩着红蓼细长紫红的穗子，微微摇晃，一大片红蜻蜓在夕阳下飞过来，飞过去。

我知道这些细节是在郭柏川下葬一个月之后，这期间有好几次我想去看望他，但都被奶奶以各种理由阻拦住了，后来回想，奶奶该是早就知道了他的死讯。

有一天，我随父亲赶集，刚拐进他住的那条背街，准备去寻他的时候，远远地看见一些人在拆他住的那个油毡窝棚。

我攥紧了拳头，愤怒地奔了过去，才知道，我的朋友早没有了。

我还能闻见他的气息……

我知道，再不离开那个窝棚，我一定会哭的。于是，就跑回了熙熙攘攘的集市，就像身后有一群马蜂在追我一样。

我接连冲撞了好几个人，才成功地淹没在人群中。我长高了，可以看见一些妇人面无表情的面庞了。我想起第一次见到他时的情景，耳畔回响着他的叫卖调。除了没有那场突如其来的雨，一切都和多年前的情形一样，仿佛我正穿梭在另外一个时空。我想起了他说的话："我真该一直唱的！唱曲儿多好啊，风把它吹走了，可是，耳朵把它捡起来了，收在心里。"

这么想着的时候，他的叫卖声越来越清晰，越来越响亮。我仰着脖子，耳朵捡起来，收在心里的卖唱调，和眼泪一起，奔涌而出。

"酒曲儿——老鼠药——哦……"

小时候的爱情

引 子

说是幼儿园中班的两个孩子，当然一个是男孩，一个是女孩。早上的时候女孩神情忧戚地对男孩说，她的爸爸妈妈要移民加拿大了，自己不得不跟爸爸妈妈到加拿大读幼儿园："我就要离开你了，怎么办？"男孩也慌了神，他的眉头拧在一起，紧咬着嘴唇发呆。整个上午他们都被这样忧伤的情绪笼罩着。往日，他们总在幼儿园里玩得很开心，可是今天他们仿佛都有些心不在焉。我的朋友留意到了，就走过去问他们，为什么不开心，可不可以告诉老师。两个孩子相互看了对方一眼，一起摇了摇头走开了。

中午饭的时候，其他的小朋友都吃得很香，他们两个在一个角落里互相劝对方吃饭，可是谁都没有吃多少。

然后就是午休。所有的孩子都睡着了的时候，他们两个悄悄地起床了，一前一后进了厕所，然后一起坐在小马桶上。从关着的门下面的缝隙里可以看到两双小脚，左边一对，右边一对。我的朋友很好奇，所以很想知道他们到底要做什么。

"加拿大在哪里?"男孩问。

"加拿大在外国。"女孩答。

"如果加拿大的外国小朋友欺负你怎么办?"

"我不知道……"女孩的话语里有点儿哭腔。

沉默了一会儿。

"这样,你跟你妈妈说你生病了,就可以不去了——以前你不在这个幼儿园上学,我只要不想来就跟妈妈说自己生病了,反正不舒服。"

"我今天早就说了,我说我不出国,我生病了。可是他们不相信,一起笑,还是把我送到幼儿园来了。"

"我就相信你。你说,生病了是不是不舒服?"

"嗯。"

"那要你离开我,你会舒服吗?"

"不舒服。"

"怎么样,这就是生病。不舒服就是生病。"

"那怎么办啊?"

"让我想想。"

又沉默了一会儿。

"哎!我知道了,"男孩兴奋地打破了沉默,"我们可以结婚啊!"

"结婚?"

"嗯,结婚了你就是跟着我了,而不是跟着你爸爸妈妈了。"

"真的?"

"当然啦,我小姨结婚了就从我外婆家搬了出去,我妈妈结婚之后就跟我爸爸一起了。"

"对啊!"

"我看这样,今天放学回家后就跟爸爸妈妈商量一下,他们不愿意也不行,反正我们已经相爱了。"男孩很果断地说。

"如果,如果他们不同意我们结婚怎么办?"女孩嗫嚅着说。

"就告诉他们,我们已经相爱了,有很长时间了。就算,万一他们不愿意我们再想办法——咱们赶紧回去睡觉吧,老师发现了又要骂了……"

我的朋友赶紧躲了起来。

下午的时候两个孩子又玩得非常开心了,好像他们上午不曾有过离别的伤感。

我很喜欢听朋友讲他们班上小孩子的故事,听到这个故事的时候我被深深地感动了。眼睛一闭仿佛就可以看见一个小小的马桶上同时坐着两个孩子的情景。他们神情肃穆,面带忧戚,他们那样认真地商量着结婚的事情。

"后来呢?"我实在忍不住问了一句。

"后来?后来女孩子就跟她爸爸妈妈移民加拿大了。"

"男孩子呢?"

"男孩子总是生病,我估计也不是真生病。反正就是今天来,明天不来的……"

我有点儿后悔问了一句"后来呢"。

一

我比表弟大 54 天,在上学前班之前,我们几乎从来没有打过架。我们一起下河洗澡,一起上树抓知了,一起用竹篓子在河里钓虾子……但是上学不多久我们就打架了。

那天中午,我们放学一起回家,一前一后走在田埂上。

"今天听写,你得了多少分?"表弟问我。

"23 分,你呢?"

"8 分。"

知道表弟只得了 8 分之后我的心情好多了,心里有些沾沾自喜。

表弟忽然话锋一转说:"班长得了 100 分。"

班长叫李沁。

我说:"我喜欢她。"

表弟说:"她人长得好看,而且学习也好,还是大班长——可是,不许你喜欢她!"

"为什么?"

"我是她同桌,你又不是她同桌!我才应该喜欢她。"

"就要,我就要喜欢她!"

于是就打架,从田埂上打到麦田里,他捏着我的耳朵,我也捏着他的耳朵。

他说:"你把我耳朵捏疼了。"

我说:"你把我耳朵也捏疼了。"

于是我们就改抓对方的头发,我扯着他的头发,他也扯着我的头发。

后来他就哭了,松开了手。我看见他的手里抓着几根我的头发,再看看我的手里也抓着他的几根头发,我也撇了撇嘴,哭了。

于是,我们分头回家,相互不理对方。

还是不解恨,于是我就想到了好办法。

为了走捷径,我们在上学的时候我们喜欢走田埂。田埂很窄,路两边丛生着茂盛的青草。我把田埂两边的草各抓了一把,然后把它们相互打结,系在了一起,如果谁不小心走在这绿草丛生的田埂上就会被绊倒。如果你跑得快就摔得很厉害。这样的草结我们称之为"地雷"。

前一天我打好了三个草结。第二天,我漫不经心地走在表弟的前面,轻巧地避过了两个自己做好的"地雷",回过头来看表弟,我想看看他将会如何摔倒。我们还是跟往常一样互不搭理。

表弟见我在前面走,便故意别过脸去不看我,假装漫不经心地看田埂侧旁的麦田,结果咚的一声,表弟响亮地摔倒在田埂上。

我赶紧扭转头偷偷地笑着。

表弟很快就明白了是我下的"地雷"。于是很生气,想追我评理,结果咚的一声,又摔倒了。

我高兴坏了,笑得眼泪都快要掉下来了。

表弟伏在地上不肯起来,响亮地哭了。一边哭一边说:"我要告诉外婆,非叫外婆打死你不可!"

我才不怕外婆打呢,见势头不对我就会飞快地跑,外婆根本打不着。

一高兴，我忘记了第三个"地雷"，只觉得脚下一绊，一个跟跄我也响亮地摔倒了。

表弟见我也摔倒了，乐了，破涕为笑，于是走过来说："哈哈，害了自己吧，活该！"

于是我们和解了，开始抹着眼泪彼此说笑了。

因为喜欢同一个女孩子，兄弟俩反目为仇。但这不是我的第一次爱情。

二

在我还没有上学前班的时候，有一年六一儿童节放假，在另外一个村子里上学的表姐来了。

表姐读五年级，我和表姐一起在房前的大青石上玩。

我问表姐："儿童节是什么？"

表姐笑话我好无知，但她自己也不知道怎样跟我解释。刚好，我们那里的方言，"儿童"和"耳朵"的发音很接近。我们不念为"耳朵"，而是念为"耳洞"，乍一听，仿佛在说"儿童"。于是表姐就说："儿童节就是耳朵要结在一起。如果你晚上睡觉的时候不捂耳朵的话，那么以后我说什么你都听不见了。"

听了表姐的话之后我就很害怕，真的怕自己的耳朵再也听不见声音了。于是很恐惧。我现在还依稀记得，我在童年时经常会对许多事情心存恐惧。

于是，我就双手捂着耳朵。

表姐觉得自己愚弄了我，就很开心，也很得意，笑啊笑的。

可是，整个上午我一直捂着耳朵，让表姐的好多游戏都进行不下去，于是她就下命令说："把手拿开！"

我说："不行，我怕听不见。"

表姐见我始终不听话，就说："像你这样的小孩真是无可救药，你是我见到的最笨的小孩。"

可是我听不到，我捂着耳朵对着表姐咧着嘴笑。其实整个上午直到现在，我还没有喜欢表姐的迹象。可是接下来，爱情就很快发生了。

因为我一直捂着耳朵，所以身体的协调性就很差，我们又在一块大青石上跳啊跳的，所以就一脚踩空了，跌了下来，腿破了皮，有血流了出来。

"完蛋了，"表姐说，"这下闯祸了。"

表姐左右看了看，发现我妈妈还没有回家，就赶紧把我抱在怀里说："不哭啊，不哭啊！"

表姐很笨拙地抱着我。脸贴得很近，我觉得表姐身上好香。

于是我就没有哭了。

表姐说："你不要哭，不然姑姑回家了会骂我的。"

我点了点头。于是表姐就把我放下了，我继续哭起来了。

表姐赶紧又把我抱在了自己的怀里，我不哭了。

我的睫毛上挂着泪水，我对表姐说："我喜欢你。"

表姐说："我也喜欢你——只要你不哭。"

我说："表姐，我要跟你结婚。"

表姐尖叫一声，好像我是个烫手的烤红薯，很自然地把我扔在了地上。

表姐一点儿也不怕我妈妈回来了会骂她，她说："姑姑回来了我肯定要跟姑姑说,你这么小竟然说流氓话……"

我似乎也觉得自己说了很流氓的话,犯了不可饶恕的错误。虽然重重地跌在了地上,但是仍然不敢哭,于是就跑向了田野。

幸好我的兜里装着一盒火柴,于是我就拾了些柴火,揪下麦穗那骄傲的头颅,在火上烤了,揉碎吃焦香的麦子。真好吃。嘴巴黑黑的都是柴火灰,但口腔里是香香的烤麦子的味道。后来到了中午就回家了,我已经忘记了自己两个小时前的爱情。

三

暑假过去后,小学一年级结束了,新学年又开始了,我没有看见自己的同桌朱丽丽,内心充满了忧伤。

开学前几天总是没有什么事情,我们班上的同学都在外面玩耍,我找到了朱丽丽坐过的桌子,静静地坐着,仿佛,她就在旁边,抄我的作业,或者站在旁边踢毽子。我眼睛睁开的时候却什么也看不见。

很快我们就要到隔壁教室读二年级了,我们将搬离这个教室,我们将告别陪伴了我们一年的长条桌椅,在这样的长条桌椅上,可以同时坐四个人,朱丽丽就坐在我的旁边。

要说朱丽丽也没有什么特别的,只是她是我们学校老师的孩子,现在我记不起她的样子了,当时似乎觉得她好美丽,她跟我好是因为我总把自己的作业给她抄,我觉得她好,是因为她经常把自己用不完的本子和铅笔给我用。

可是在一个暑假之后,她的妈妈调到了其他学校当老师,她随着她妈妈也离开了我们的学校。我以为暑假结束了就又可以见到她了，可是当我那样高兴地到了学校之后，才发觉一切都和自己想象的不一样。

那天，同学们很快就散了，我一个人待在空荡荡的教室里，眼睛闭着，朱丽丽就在我的眼睛里，我看得清清楚楚，只是我无法跟她讲话，也无法握住她的手。后来，我干脆躺在了长条桌子上，我似乎闻见了她的气息，睁开眼睛，偌大的教室里空无一人，于是我的眼角里滚出了眼泪，凉凉的顺着面颊滑落到长条桌子上。8岁的我第一次体味到了一种怪怪的酸楚，怪怪的别离的感伤。

不知道过了多长时间，我在长条桌子上睡着了，也不知道自己睡了多长时间，仿佛自己做了一个伤心的长梦。这样的感觉直到现在我还可以体味。

四

现在，我在想，如果5岁那年，我第一次想跟表姐结婚的时候，这样的愿望带来的不是恐惧，而是美好的淡然一笑，我会有那么多隐秘的心事吗？我会有那样多的成长的忧伤吗？这样的恐惧和忧伤始终伴随着我，让我不敢喜欢上任何一个女生。

四年级的时候，我们男生和女生已经不说话了，也不在一起踢毽子、跳沙包了，同一个村子的男孩女孩，一起上学，但却形同陌路。

在一个冬日的早上，我们走在雾气迷蒙的路上，看着太阳一点一点地升起来，先是半边脸，然后又是另外半边脸，接着这红红的太阳的脸，一会儿被树梢遮住，一会儿被山冈遮住，于是为了看见太阳的脸，我们奔跑着，追赶着太阳。直到一串"丁零零"的自行车铃声把我们的奔跑打断,于是,我们都回头望。

一个女孩,披垂着长长的头发,像风一样,从我们中间过去了。我们闻见了好香好香的味道,我们忍不住跟着自行车跑着,跑了一段路之后,我们彼此看了看,都停了下来。我们又重新扭过头去看那个骑着车的女孩,看着她长长的头发在肩上,飞扬。穿着红衣服的女孩渐渐地在远方变小,变成和太阳一样遥远,我们一起长吁一口气。

"那个人看起来,像个妖精!《西游记》里的妖精都很漂亮。"

"对啊,头发披散着,像个鬼。"

"是的,还很香呢,肯定是个坏人。"

……

男孩子们开始一起诋毁这样一个我们并不认识的女孩子,也包括我。尽管我知道,自己的心里是多么喜欢这个女孩子,这样一个清新脱俗的女孩子,这样年轻这样美丽的一个女孩子。

诋毁之后就是猜测。我们在热烈地讨论着,她是谁,从哪里来,做什么的。

接着,在第二天的时候,我们又行进在上学的路上的时候,我们像期待着冬日的太阳一样期待着这个年轻女孩的出现。

"丁零零!"

我们一起回头望。

我们一起随着自行车奔跑,我们一起热烈地讨论着她,然后我们再一起等待着她的下一次的出现。

就像太阳有时会出现,有时不会出现一样,如果没有遇见她,我们会一起沉默不语,就像有冷冷的冬雨浇湿了我们的心灵，就像冰封了我们的口一样。我们无语而又茫然地左顾右盼。

渐渐地，诋毁和诋毁性的猜测没有了，我们喜欢用"她"来代指那个让我们集体心动的女孩，并且，我们也渐渐地知道，她是一个刚刚从师范学校毕业的老师，在另外一个村小教书。第一个告诉我们这个消息的秦建兵成了我们男孩子新的头目。如果那个不知名的老师是一个神，那么，秦建兵则是神的信使，我们希望知道更多关于"她"的消息。

有一天，同村子里的一个女生肚子疼得走不成路。于是，女生们就轮换着背着她向村子里的医务室走去。我们男生跟在后面，从女生们的眼神里我们知道，她们需要我们的帮助。但，她们没有跟我们说，我们也没有上去问。就这样，我们跟着她们，看着女生们不断地擦汗，看着那个肚子疼的女生额头上滑过豆大的汗珠，听着她小声地痛苦呻吟。

"丁零零！"

"她"从自行车上下来了，"她"说："男生们，都给我过来！"

"哗！"我们一下子围了过来，七手八脚地架起肚子疼的女孩就飞跑了起来。

"她"一边追着一边哭笑不得地喊着："谁让你们背啦，快放到我的自行车上吧！……"

于是，我们七手八脚地把自行车推得飞了起来。

一场大雪和一场春雨都可以洗涤这个尘灰飞扬的大地，从冬天到春天，对于这个几乎每天都会见面的女老师的喜欢，洗涤了我们每个男孩子的心灵，让我们举止文雅，衣着干净。

53

柳树绿了，桃花红了，杏儿黄了，麦子熟了。时间像这个女老师的自行车车轮一样向前行进不息。阳光下，自行车的每一根辐条都折射着太阳的光芒，我们也仿佛是一根根自行车辐条，快乐地翻滚向前，每个人都分享着太阳的润泽。

现在，我们可以对着"她"笑；现在，"她"也对着我们笑了；现在，在"她"上坡的时候，我们会把"她"的自行车推得飞起来。

"她"说："孩子们，我喜欢你们！"

我们男孩子都羞红了脸，低着头，看着自己的脚尖高兴地抿着嘴笑。

我们什么都不敢说，我们连呼吸都小心翼翼的，但我们每个人的心里都有一只鸟儿扑腾扑腾地飞着，飞着。

"她"沉默了一会儿问："难道，你们不喜欢我？"

"喜欢！——"

"喜欢！——"

……

我们大声地喊着，羞得脸庞、耳朵都是通红的，说完之后，"轰！"……我们一起跑开了。我们一边跑着，一边南腔北调地唱着，笑着。我们都不敢回头望"她"。

"她"也咯咯地笑了。

"丁零零！"

风一样的"她"从我们中间风一样地掠过，我们一起跟着"她"跑着，就像无数的云彩跟着太阳一起飞升，一起变幻。在乡间的小路上，我们肯定也变幻出了那么多的风景，因为我们就是那风景，所以我们不知道。

男孩子们都有一个梦想，就是长大了跟"她"结婚。这个隐秘的梦想甜美着每一个男孩子的心灵。

1988年9月10日，我们永远都不会忘记这一天。

那天，我在放牛。中午我回来的时候，表弟哭着说："她死了，她出了车祸。"

我狠狠地打了表弟，表弟没有还手，表弟继续哭着说："她出了车祸。"

表弟一边哭一边在前面带路，我跟在后面，没有哭。我们一起奔跑着，风呼呼地掠过我们的耳。

在山冈上，我们看见下面的马路上有好多人，还停着警车，远远地我看见了一张席子盖着的那个人穿着那件我们都熟悉的红色衣服，我哇的一声哭了。

我们没有下去看"她"最后一眼，我们一起坐在山冈上哭着，不知道哭了多久，直到我们从沉沉的睡梦中醒来。我醒来的时候，表弟还挂着眼泪睡在我的脚边，我们的身上爬满了蚂蚁。天色暗淡，已近黄昏。我牵着表弟的手，一起蹒跚地走下山冈。

上学的时候，我们一起沉默着，不知道沉默了多长时间。

然后，我们一起说：如果，如果"她"骑着自己的自行车去就不会出事……

如果9月10日镇里不开会就好了。

如果"她"不坐那辆车就好了。

……

说完这些如果之后，我们会默默地抹掉已经流到了腮边的泪水。

那是当时我们镇里最惨重的一次车祸，车上全部是要到镇上开会的老师，9个人，只有3个人幸存。

两个星期之后，我和表弟到出车祸的地方，血迹已经没有了，仿佛这里什么都不曾发生过，只是我们在路旁的树上看见了一个花环。于是，我和表弟也走进了山坳，去寻找可以采摘的野花。那天，我们找到了3枝野百合，我们把这3枝野百合和其他的一些花儿结在一起，编成花环，换掉先前已经有点枯萎的那些花儿。

每隔一段时间，我和表弟去换花的时候，都发现那树上又挂着其他的花儿了。我想，肯定不只我们给"她"采花，还有其他人，也许就是我们中间的那些男孩子，但我们都没有去打听。那一年多的时间，这棵树上总挂着花儿。仿佛这棵树在这一年四季中，总有不同的花儿要盛开，仿佛这些花儿，本来就盛开在这棵树上一样。

我们读中学的时候，一起骑着自行车冲下山冈，铃声"丁零零"地响成一片，然后在那棵树前停下，树已经长大了。

结　尾

今天，我站在窗前看着静静飘落的飞雪。我爱飞雪！

雪静静地覆盖了万物，然后融化，像根本不曾存在过。那个逝去的女教师也如这雪一样，沁入了这大地之中，润泽了我们的心灵，让我们懂得爱。

我想，如果有一天，我也有了自己的孩子，他或她过来跟我说自己爱上了谁，我一定会笑着告诉他或她，不要惶恐，不要害怕，心中有爱，是多么美好！

燕子啊

你的性情愉快亲切又活跃，你的微笑好像星星在闪烁……

——《燕子》（哈萨克族民歌）

一

在秋水河厚厚的冰面上行走的时候，我像乌龟一样缩着脖子，默默地数着风的刀："一把刀、两把刀、三把刀、四把刀、五把刀、六把刀、七把刀、八把刀、九把刀……"不对——我脖子上戴着姐姐淘汰的红色围脖呢（因为没有替换的，长此以往，妈妈旧毛衣拆下的毛线织成的围脖变了脸，准确地说应该是黑红色的或者是红黑色的），风怎么也割进来了呢？

风不只是刀，有时候风也是针。

"不要脸！"

"你说谁？"小我54天的表弟梗着脖子，不惜跟我再干一仗。我们刚打过，他的眼泪都没有干呢，被泪水打湿的睫毛已经被风冻住了，一粒粒的小冰碴让他看起来顿时比我好看了很多。

"我……我是说，我想把脸缩到肚子里，这样，狗日的北风就不会欺负我了。"我想起了夏天的时候在秋水河上看到的那只大乌龟。

"我也想……不要脸。"表弟的脸由怒而羞赧，像早开的桃花，顿时又比我漂亮了很多。

清鼻涕快要滑到嘴巴里了，我冻僵的手缩在厚棉袄的袖管里，不舍得伸出来，就用袖管抹了一把鼻涕。偷偷抹的，伴装在看秋水河岸大松树头顶上苍黄的天。我和表弟都读小学了，也算是村里有文化的人了，不可以让他看到我抹鼻涕。

一个冬天还没有过完，一双袖管早就黑亮油光了。

像剃头匠小罗的荡刀布。

表弟是文明人，有手帕的，干干净净的，打架不赢还哭，素净得像个女孩子。

刚才假装看天的时候我看到了村里另外一个文明人，村长张得喜。他像电影里的将军一样披着一件军大衣（大家都说是假军衣，可是他不承认）。面对携带着无数把刀子外加无数飞针的北风，他也那样披着军大衣，被风吹得快要掉了的时候，他也只是耸耸肩膀，摇晃几下，军装又稳稳地挂在他瘦削的双肩了。那时他正在手搭凉棚，在秋水河岸大松树下，瞭望远方……

虽然看不清楚，并且他的身旁空无一人，但是我仍然相信，他一定摇晃了几下，好让怕冷的北风别摘走了他的军大衣。

演给谁看啊？老婆都跑了……

虽然，连我这样的小孩都有些鄙夷，可是，我还是装腔作势地模仿起了他。既然都入了学，成了有文化的人，那么，有文化的人都知道，乌龟需要隔一段时间就把脖子伸出水面来呼吸氧气。现在，这么厚的冰把秋水河封了个严严实实，那只大乌龟在河底怎样呼吸?

我问表弟,表弟望着我,我们大眼瞪小眼。

他是双眼皮,我是单眼皮。虽然他跟我一样,一脸懵懂,可是,他经常哭,眼睛被泪水洗得黑白分明,顾盼中略带羞涩,再搭配双眼皮和长睫毛,顿时把我比到冰层的最下面去了,我肯定跟那只在淤泥里艰难呼吸的大乌龟差不多。

也真是奇怪,他常跟我一起,眼睛也和我一样,看了那么多东西,为什么眼睛还那样干净?我照镜子的时候,就发现我的眼珠子是黄褐色的,因为我经常被父母打骂。我奶奶的眼睛总有泪水,而且,有眼袋,那是因为她看到了太多让她悲伤的东西。她的泪水,就装在眼睑之下的眼袋中。

那时,作为一个有文化爱思考的孩子,我以为人们看到的东西(人或事或物)就被我们的目光吃掉了,然后一点一点地装进了我们的下眼睑。

真的,我以为所有人都如此。就像吃东西一样,我们的眼睛也会吃进很多很多,然后,变成悲伤,或者欢乐。

我的担忧是多余的,大乌龟在冰层之下大口大口地吞咽河水,然后,再把那些水排出,而河水中的溶解氧则能够进入它的血液。这个世界的万事万物各安其位,哪怕是一只蜉蝣,都守着一个我们所不知道的秘密。然而,寒风中秋水村这三个各怀心事的"文化人"却都以为自己可以主宰一切。

我想在冰面上把表弟衣兜里的玻璃珠全部赢过来。

表弟根本不喜欢玻璃珠,他想要的是我的红围脖。

张得喜耸着肩膀挂着假军大衣昂首挺胸地行走在秋水河上,

59

在经过我们身边的时候吸吸鼻涕说:"小孩,你们等着,我让秋水村看——大——戏!"

二

自从老婆跟随一个会做银首饰的货郎担跑了之后,村长张得喜便翻出了压箱底舍不得穿的军大衣想重塑威严。大概跑老婆是一件很丢人的事情,秋水村里好多老光棍都因为此事笑出了鼻涕。时间到了20世纪80年代,农村分田到了户,人们不再集体劳作,也不怎么记工分了,渐渐地人们也敢笑话村长了。

那个眉清目秀的小货郎做银器的时候可专注了,他的一整袋玻璃珠被表弟偷了都不知道。他一边给秀梅(村长的老婆)调节着银手镯的大小,一边细声细气地和秀梅小声讲着话,根本不知道我们在偷他的玻璃珠。

我也想偷,但是只有表弟的手小,能伸进货郎担那么小的钢丝网洞里。

早知道他们是在商量私奔的事儿,我们肯定是要报告的,只怪当时我们的心都在玻璃珠那儿。

在秋水河厚厚的冰层上,我和表弟已经用削笔刀挖出几个小坑了,用书包和木棍围了个战场。经过几个回合的交战,局势对我来说,并不有利。

表弟纤长细白的手指打架不中用,玩弹珠还真有两下子。

他抹一把鼻尖儿上的汗滴,望望我脖子里的围脖说:"洗洗,暖和,也好看。"

我抹了把鼻涕,摇了摇衣兜,听响声就知道玻璃珠已经不多了，我咬了咬牙，没说话。

"让你们这些土鳖……"村长咳嗽了三声，我们都没有分神看他，他终于咳出了一口痰。我们怕他把痰吐到我们战场里，才发现他的目光是望着身后的秋水村讲的，才知道他说的土鳖并不在秋水河厚厚的冰层之下。

张得喜收回犀利的目光坚定地说："只知道土里刨食，不知道大千世界，日新月异——我要让县城里的专业剧团给我们演大——戏！"

他还是狠狠地龇着牙把"大戏"这个词咬开了，分成两个字："大""戏"。

"好锋利的牙齿。"我手里的玻璃珠落在冰面上跳了两跳，赶紧捡起来说，"这个不算，必须重来！"

表弟冷静多了，头都不抬，捏着颗玻璃珠像是围棋十段高手捏着颗棋子，说："长天村到我们村的桥还没有修好呢，他们又不会飞。"

表弟从来不喊张得喜"爸爸"，并且也很少回家，他常住他外婆家，也就是我家里。

今年夏天走了山洪，桥被冲垮了，电影还能进来，剧团据说得开一个大卡车呢，没有桥，又不能飞，咱们秋水村没这么好的福气。

也有好事的后生不远千里跑到邻村看过演出的，回来说得唾沫横飞，眉飞色舞。

"哼！"张得喜摇了摇头，为我们这两个"读书人"可惜，那意思是"原来你们也不过如此"。

张得喜又哼了一声,走过我们身边的时候他费了好大的劲儿才没有说出冲撞在他心里的那个大秘密,大决定。

"你说,这冰面上能过大车吗?"围棋十段高手表弟继续捏着那颗玻璃珠问我。

走了好远的张得喜停了下来,还是没忍住转过身来向着表弟讨好地竖起了大拇指。

我们抓起各自的玻璃珠,呼啦一下像风刮过冰面又立即旋起一样,彼此对望了一眼,向着村子跑去;跑了一截,我们又对望一眼,扭转身向秋水河上那座垮掉的石桥跑去。

去村里报喜邀功这事儿还是留给村长吧,我们得勘察一下地形——这冰真的能过大车吗?

三

在秋水河断桥边的冰面上,我像一只癫狂的猴子一样上蹿下跳,使劲儿跺着厚冰的时候,表弟一言不发,站在断桥上,拧着柳叶眉,叉着杨柳腰,像电影里打仗的将军一样,看远看近,踌躇满志。

奶奶说"龙生龙,凤生凤,老鼠的儿子会打洞",还别说,表弟这神情像村长。

"我看行!"我跳的时候玻璃珠子"叮叮"地响,真好听,抹了一把额头上的汗,下着结论说,"我看可以通车,我这么用劲儿,冰面纹丝不动……"

表弟冷笑了一声,隔了好一会儿,才从断桥跳下冰面说:"得铺上稻草,明天,这稻草就粘在冰面上了……"

"你给厚冰盖一床稻草做的被子，还不把冰给融了？"

表弟犹豫了一下，又是一声冷笑。

事实上比我聪明的人如过江之鲫——哎，这冰层之下肥美的鲫鱼们在干吗呢？趁着我犯迷糊的时候，时间如北风一样嗖嗖飞逝，转眼到了第二日。

雪静静地飘着，落光了树叶的老槐树漆黑的枝丫间托着几段积雪，黑白分明，像是融融的几笔，画在宣纸上。

我揉揉眼睛，一骨碌坐了起来。

雪也知道今天是个节日。

知道今天是个节日的还有秋水村的老老少少，他们一起穿着厚重的棉衣，双手笼在衣袖里，站在断桥边的冰面上，表情单一的脸面被兴奋的神情绷得紧紧的，像苍黄天空中滚动着隐隐的积云。

只有村长张得喜像昨天的我那样上蹿下跳，跳成了火烧屁股的疯猴子。我从火塘里掏出一个快要烤成黑炭的红薯，左手换到右手跑到断桥边的时候，张得喜正耸着双肩从桥墩上跳了下来，他那凸起的像两只还没有长毛的小翅膀一样的肩胛骨，没能挂住军大衣，人落在冰面上踉跄了一下，没有滑倒，但军大衣落在了桥墩上……

秋水村那群缩着脖子看热闹的人们，兴奋的笑容终于冲破了紧绷的脸面，"嘎嘎嘎"的笑声像春天解冻的冰块彼此冲撞，响成一片——这让他们看起来不再像一群看着冰层发呆的企鹅，稍微有了点活气。

县歌舞团的演员们也笑了，这尤其让村民们觉得安慰。

63

因为,"送戏下乡"对于演员们来说,本就是强制性的演出,多一场不如少一场。他们原本以为因为断桥不能通车,可以少演几场,能早点儿回城过年的,没想到秋水村里的这个名叫张得喜的村长如此多事儿,非说冰面能够通车。

没办法,演员们只能下车步行过河。

过河的时候自然一肚子牢骚。

这会儿看见这个村长不断出丑,不免笑得有些解气。

好在村长并不气恼,反而更加神气地指挥起交通来。

冰面果然如表弟所言,被村长领人铺上了厚厚一层稻草,一夜过去,稻草上一层白霜和积雪,牢牢地粘在了冰面上,有效地防止了汽车轮胎打滑。

那辆装满道具的卡车很顺利地过了秋水河,但是,那辆中巴车的司机却说什么也不肯过河,把车上的演员全轰了下来。

"万一明天太阳好,冰融了,你们还回家过年吗?"他说,"我的车不过河,我这是为你们好!"

也因此,演员们才牢骚满腹。

也因此,我们才得以在演出前就把这些演员的脸面和肥瘦看了个够。

四

早上的飘雪不到中午就停了,显得礼貌而又节制,不卑不亢的样子,不像秋水村人那样过了头。

不到傍晚戏台子就搭好了,村里人乌泱乌泱地就坐在秋水河的厚冰上,仰头看河岸上的话剧——村里人看得最多的就是豫剧，其次是京剧，革命样板戏也看过的，唯独没有看过话剧，一幕一幕的，新鲜。

　　这话剧也不怎么唱，你一言我一语的，也不像演电影。演员们讲一口方言味浓郁的普通话，宣传的大概是计划生育和孝敬老人什么的。演员有时也会大眼瞪小眼地忘词，上下场的时候也会穿帮，也有几个地方让人乐，大家笑得因为友善而略显夸张。

　　等木讷的秋水人知道话剧是怎么回事儿之后，咂着嘴儿，回味着，就像孩子们害口，提前吃了一个还没有熟透的青梅，感受复杂。

　　仰起头来，月亮晃出来了，几天不见，更见清瘦了。

　　有几个后生意犹未尽，想在秋水河的厚冰上升起一堆篝火，被张得喜厉声喝止了。

　　除了表弟之外，秋水村的明白人中，张得喜还是能算一个的。

　　后来，篝火在离戏台不远的地方生了起来，黄红色的火苗想离开木柴飞身上天，终不能得，不耐烦地"噼噼啪啪"炸响着，升腾起许多的火星是它们的灵魂，向上飞着。睡梦迷糊中的我疑心那些火星儿最终得逞，混入了漫天星光。

　　秋水村人正恋恋不舍地准备离开这个造梦的舞台时，忽然舞台上的话筒在发电机"嗡嗡嗡"的轰鸣中"吱啦"响了两下，一个脸盘儿比秀梅还要漂亮的女演员手里拿着个话筒轻轻地"喂"了一声，把孩子们的瞌睡都吓跑了。

　　他们在试话筒，据说明天还有一场文艺演出。

大概长夜漫漫，试过话筒的演员们暂时还睡不着，于是，秋水村人从来没有听过的歌声唱响了……

　　　　甜蜜蜜，你笑得甜蜜蜜，
　　　　好像花儿开在春风里，
　　　　开在春风里……

　　这歌声一下子把那些拖儿携女、搬板凳扛椅子的村民们全部钉在了原地。有人小心地伸了手指掏了掏耳朵，静静地仰首望着消瘦的弯月，虽仍旧是寒风拂面，心里却暖风十里……

　　那群精力过剩的小伙子们围着篝火，也忘了伸手来取暖，要多傻有多傻。

　　那个女演员歌只唱了一段就不唱了，然后就清了清嗓子装腔作势地预报明天的演出内容——"文艺演出"。

　　秋水村人嘴巴里又多了一个话梅一样的新名词，凭着他们有限的想象力，想象出了无限的美好，在这个有着清朗弯月和漫天星光的秋水河上，他们行走在厚厚的冰层之上，犹如行在云端。

　　只有熊青苗领着媳妇和四个女儿星夜出逃——他长期在外躲计划生育，听说大戏来了，本想偷偷回来过个年的，今晚的"话剧"一看，觉得风声更紧了。

五

　　一夜之间，秋水村人和演员们的关系发生了翻天覆地的变化，这样奇妙而又细微的变化被奶奶一句贴切的比喻点透了。她说："你看这云，远在高天，可有时它也化成雨亲近咱们泥地呢……"

　　这一夜，秋水村人把最好的床、最干净的被子腾了出来，自己宁愿滚稻草，烤火堆。清晨，又从那口腾着热气的古井里打来清亮的井水，糖水荷包蛋也煮好了……

　　还有什么可以抱怨的呢？这就叫"父老乡亲"啊！

　　连多日不见的太阳也出来了，暖暖地照着，温情脉脉。

　　可忙坏我们这群孩子了，两头跑，两边的热闹都想看到——一边是演员们化妆彩排，一边是村委会杀猪，那头黑猪在这个好天气要挨刀了，给这群神仙似的演员们吃，也算是死得其所。我们看着皮毛黑得油亮的肥猪被按在两条搭起的长凳间嘶嘶地喘着气，吐着白沫，等着挨刀。

　　表弟说："它不亏，每次招待上面的干部们，吃不完的酒菜都归了它，有次还喝醉了呢……"

　　是的，那次首先是村长张得喜喝醉了，他提着大半瓶烧酒坐在猪圈里口口声声地叫着乡长呢，不停地给黑猪劝酒；后来，黑猪踉踉跄跄歪歪斜斜地走了几步，开始发酒疯，村长提着空瓶子哭了……

　　"好吃好喝的都归了你，你还跑，你倒是跑啊！"

　　我们背着书包面面相觑，村长这是在说谁呢？

　　"乡长，我老婆都跑了，你给我说说理……"黑猪不理他，

67

他继续发酒疯，然后，一头歪倒在地。听说醉了两天，啥都不吃。

我们相互看了看，就大声地笑了起来，肚子都笑疼了。

村长提着空酒瓶，想扔过来砸我们，但是，举了举酒瓶，在猪圈里睡着了……

我们这才想起来要上学，可是，下午第一节课都快结束了。那天，我们也像今天这般，跑得头发飞扬，汗流浃背。

热得我都怀念起前天北风的"九把刀"来，于是，就扯了扯松松垮垮的围脖，看见表弟奔跑中斜刺里伸过来的手，才忍住了没有把围脖扯下来扔掉。

每家每户分到了几斤肉，剩下的零碎都用来招待演员。我们提着充了气的猪膀胱（有一个足球那么大，里面放了几粒玉米。为防漏气，吹气孔被麻绳系了死结，玉米在里面"嘣嘣嘣"地闷响）飞奔到戏台的时候，身后肉汤鲜美的气味已经飘散在暖暖的冬阳里了。

我们在舞台后侧演员们搭起的油布棚子里探头探脑的时候被他们轰了几次，但是，我们一个个机灵得很，按下葫芦浮起了瓢，他们顾了这个跑了那个，最后只好作罢。

于是，我们知道了一个瘦瘦的女人，她不怒自威，人人都管她叫"曹老师"。

也不知道曹老师教过他们什么，反正一溜儿摊开了好多毛笔一样的排刷，她手脚麻利地抓起一支排刷在一个红红的胭脂盒里画几笔，就向演员的脸面上刷了过去，动作之快，让人眼花缭乱。

演员闭着眼睛，手里举着面小镜子，愉快地由着她摆布。

原来曹老师是化妆师。

六

吃了肉，喝了汤，还用热米汤泡了锅巴，演员们赛着打嗝，彼此嬉笑。

暖暖的冬阳下，走台就开始了。只是因为这还不是正式的演出，演员们有些随意，再加上酒足饭饱气氛融洽，有时唱歌的人也会唱着唱着拉一个刚认识不超过 24 小时的后生上台来握手。

据说，港台的明星们就是这样表演的。

只是苦了这个台下能说会道的后生，上了台像被开水烫过的虾米，红着脸，手脚都不知道哪儿放了。这让提前跑过来看戏的村民们觉得赚了，比昨天的话剧好看多了。

就像过年了要办年货，平时一分钱掰两半的农民也舍得使钞票了，攒了一年的笑声再也不憋心里了，一个比一个笑得大方。

笑声冲上了云霄，比过年还像过年。

我们小孩子就趁乱躲在人群里向台上扔雪球，不敢砸演员的，只管砸那个被拉上来出洋相的后生。

最惨的是张得喜，他刚半推半就地从报幕员手里接过拖着一根长尾巴黑电线的话筒，就被何晓边砸了脚，因为太紧张了，竟然没有察觉到。

……我观你年过三旬成新贵，

曾问你原郡家中还有谁？

问得你面红耳赤无言对啊,
才猜你家中一定有前妻。
你红口白牙强词理,咱才打赌论是非。
……

谁都知道,张得喜喜欢唱豫剧《铡美案》,平时他也还唱得挺不错的,可是,今天刚唱了一半,忘词了……

他正满脸通红地憋着劲儿想词儿,被一个雪团打在了腮帮上。

他像一只在鸡窝里辗转反侧,生了好久也没有生下蛋的母鸡,趁着这个好机会,装腔作势鸡飞狗跳地驱赶着我们所有的"小兔崽子",我们在秋水河厚厚的冰面上,边飞奔,边滑行,嘻嘻哈哈笑成一片。

跑到河对岸枯黄的芦苇丛边,愣住了,原来曹老师一个人搬了把椅子坐在冰面上,望着芦苇丛,呆呆的。

我们不敢造次,但又不舍得离开,因为曹老师身上有一种神秘的东西吸引了我们。现在想来,那种神秘的东西就是从她身上散发出来的,让我们永难忘怀的神情和气质。我是说,从她那被细微的北风吹拂着刘海覆盖的额角边,从她那瘦削苍白的面庞上,从她那微微凹陷的眼睛里和微微高耸的颧骨间,一种深切的哀伤就像厚厚冰层下的秋水河,在默默地流淌。

她脖颈间被风吹拂着的红围巾末梢的每一条流苏都在哀伤。

单是远远地看她坐在椅子上的背影,我们心里都觉得难过。

她扬起右手从嘴唇边接过燃着的香烟,长长地吐出一口烟子，也像极了一声绵长的叹息。

她是我看见的第一个抽烟的女人。

之前看过的都是在电影上，那都是一些坏女人，但是直觉告诉我，曹老师不是。

七

她忽然回转身子，我们像一群刚落在地面上觅食的麻雀，忽然来了人，呼啦一声慌乱地惊飞，边奔跑边回望。

只有表弟一个人痴痴地望着她脖子里胡乱绕了几圈的红围巾，那是一条大概跟随了主人太久，而有了主人哀伤的围巾。

表弟对此浑然不觉，他眼睛里只有围巾。

他曾经那么想要我脖子里围着的脏围脖。

表弟真的很爱美，实际上他已经够美了。

如果他脖子里没有那块伤疤会更美，那是他刚会走路的时候，跌倒在火墙边被一根在火里烤了很久的火钳烫伤的。

表弟直勾勾地望着曹老师的围巾。

曹老师偏着头，审视着表弟的时候，微微凹陷的眼窝里渐渐温暖了起来，她温柔地向着表弟招了招手。

表弟径直走了过去，伸手撩起曹老师的围巾，遮盖在脖颈处的疤痕上。

曹老师笑了笑，把自己的围巾摘了下来，替表弟戴好，又端详了几分钟。

我们像那群警惕的麻雀，见并没有太大的危险，又轻轻悄悄地落回了地面，向着他俩围拢了过来。

曹老师整理好围巾后,用右手勾起表弟的下巴,看了几分钟后,笑了一下,那笑容充满了温柔的怜悯。

她的笑容很短暂,倏忽开放又倏忽凋零。

她从军绿色的大衣口袋里取出了一个皮夹子,里面有各色胭脂,还有几个小刷子——这些东西我们见过,只是这个皮夹子里的东西更小巧而精致。

曹老师扔掉烟蒂后就开始麻利地为表弟化起妆来。

我们一起静静地看着,都忘记了窃窃私语的交流。因为,不多一会儿工夫,一个熟悉而陌生的表弟出现了。

怎么看都是一个女孩子。

最后,连我们小孩都觉得还差了那么一两笔才可以完工的,但是,很显然曹老师没有了耐心,或者是,她内心里的悲伤已经无可遏制了,这样的情感已经让她无法完成手头的工作了。

"去吧……"曹老师摆了摆手,垂下了头,用双手的大拇指按压在太阳穴上。

表弟走了几步,转回身把脖子上的红围巾替曹老师围上。

曹老师忽然一把把表弟搂在了怀里。她搂了那么久,头埋在表弟的肩头,我还看见她的肩头一抽一抽。

过了多久呢?我们也不知道,反正,我们的手心里都出了汗。表弟不记得自己多久没有被拥抱过了,他瘪了瘪嘴想哭,但是又忍住了。过了一会儿,我们都感觉到他泪光闪闪,一脸幸福。

"玩儿去吧,燕子!乖!"曹老师终于从表弟的肩头仰起脸,睫毛都湿了,她笑着对表弟摆了摆手,那语气多像一位宠溺女儿的妈妈。

"等等!"曹老师冲着表弟的背影喊道。

表弟慢慢地走近曹老师,曹老师弯起食指轻轻地刮了一下表弟的鼻子,然后把自己的那条红围巾系在了表弟的脖子上……

"给我了吗?"

"当然!"系好围巾后,曹老师拍了拍表弟的脑袋。

表弟哇的一声哭了,很快又止住了哭声,实在怪异。

接着,表弟转身就跑,飘扬的红围巾在他的奔跑中获得了生命,在他的肩头扇动着翅膀,红围巾末梢的流苏像翅羽上的羽毛,每一根都在飞翔,都在幸福地战栗。

八

表弟一直在秋水河厚厚的冰层之上奔跑着,直到围在他脖子里的围巾变长了,散开了,像鸟儿一双飞累了的翅膀,他才停止了奔跑,慢慢地在夕阳下向着舞台走去。

听声音,下午的彩排已经快要结束了。

我们保持着和表弟三五步的距离,在他奔跑的时候如此,在他行走的时候也如此。仿佛表弟是一只翩跹的蝴蝶,靠得再近些,他就飞走了。

只有表弟不知道,他已经成了另外一个自己,一个好看的女孩儿。

他走到舞台的时候有个演员叫了一声"燕子",愣了好久,才背转身去。

于是,更多的演员默默地望着他,听不到声音,看嘴型也知道他们也在默念着"燕子"。

我们这才恍然记起,曹老师仿佛也叫过一声"燕子"。

一时之间,演员们都沉默了。

表弟愣在冰河上,仰望着舞台,一时不知所措。

曹老师提着一把椅子,从远处的秋水河边慢慢地走了过来。她的身体被夕阳映得红红的,仿佛她是从太阳上下到芦苇丛中,再从芦苇丛穿越冰河。

走到表弟身边的时候,曹老师蹲下身帮表弟把散开的红围巾围好。

第二年春天,表弟告诉我一个秘密。他说,那天曹老师蹲下来帮他系围巾的时候,他鬼使神差地叫了一声"妈"。

"那她答应了吗?"

"她说'乖',然后揉了揉我的头发……"

"那她也许会接你到城里去读书的……"

表弟向秋水河里扔了一块石头,没有接我的话。天气热了,曹老师送给他的围巾再不能用了,但是他总努力地想把衣领竖起来,遮住脖子里的伤疤,可惜衣服领子软塌塌的。

那时,我们的衣领一律软塌塌的,立不起来。

那晚的"文艺演出"虽然仍旧照常进行,但是,整个氛围全变了。我不知道是不是因为假冒伪劣的"燕子"的出现,总之,演员们沉默着,小心翼翼,不再和舞台下的村民们开玩笑,净唱一些让人伤感的歌。

归来吧,归来哟,

我已厌倦漂泊。
　　我已是满怀疲惫，眼里是酸楚的泪。
　　那故乡的风，和故乡的云，
　　为我抹去创痕。
　　我曾经豪情万丈，归来却空空的行囊。
　　那故乡的风，和故乡的云，为我抚平创伤。
　　啊……

　　散场的时候，月亮出来了，更显得消瘦了，像曹老师一弯忧伤的眉，贴在半空中。
　　大家心里有了一种曲终人散的惆怅，还有秋水村人说不出的其他一些况味，在心里发酵，讲不出来，只化成星夜之下的一声轻轻叹息。
　　那样沉默的离散，仿佛是一群梦游人走在清洌月光下的冰河上，也仿佛是行走在星空中。忽然，舞台那边响起了歌声，那歌声在我耳边萦绕了几十年，后来才知道歌名就叫"燕子"。

　　燕子啊，
　　听我唱个我心爱的燕子歌，
　　亲爱的听我对你说一说。
　　燕子啊，
　　燕子啊，
　　燕子啊，
　　你的性情愉快亲切又活跃，

你的微笑好像星星在闪烁。

啊……

眉毛弯弯眼睛亮，

脖子匀匀头发长，

是我的姑娘燕子啊……

九

我和表弟都不说话了，一起望着他扔下的那颗石块在秋水河中泛起的一圈又一圈的涟漪，直到河面重新恢复成一面镜子。两只水龟滑动着细长的腿不再随同涟漪荡漾，和我们一起静默着。

我张了张嘴巴，想把那晚曹老师唱的那首歌唱出来，结果梗了好久脖子，既没有词儿，也没有调儿，哼了几句，自己都有些不好意思。

"曹老师不要话筒，也不要音乐，就唱了那首歌，那么好听……"

表弟哼唱了几句，旋律和曹老师唱的一样。

"对对对，就是这样唱的，真好听！"我很羡慕表弟，不管什么歌儿，他听一遍就会唱，"那晚，你不是睡着了吗？"

"是啊，"表弟脸红了，有点儿羞涩，接着告诉我另外一个秘密，"我突然感觉到爸爸俯下身亲了一下我的脸颊，又一下……我就醒了。那么好听的歌，我还以为在做梦呢！醒了之后，我就躺在爸爸的怀里听着歌儿，漫天的星星在闪烁。"

那天，我忘记了嘲笑表弟被爸爸"亲亲"的事儿，呆呆地望着秋水河，耳边一直都是那么动人的旋律。

真是奇怪，像是一场梦，一切都像昨天：厚厚的冰河，唱歌的人，忧伤的曹老师……

记得第二天司机用火烤了卡车好久，都无法发动，最后只好把大卡车留在秋水河，演员们一起走过秋水河厚厚的冰层，到停在河对岸的那辆中巴车上，坐车回城了。

我们远远地跟着，默默地送着，只是，他们再也没有回头。

奶奶说对了，也说错了。其实还有另外一个词，叫云泥之别。

之后的许多日子里，我都和表弟尽心尽力地保护着那辆卡车，不许小伙伴们靠近，并且，每天都跑到秋水河畔翘首仰望，希望曹老师随同那个脾气暴躁但说一不二的司机一起到来……

"为什么那些演员对曹老师又爱又怕？"我有些明知故问，因为秋水村里的人几乎都知道答案。

"因为他们都是曹老师的学生！"表弟很骄傲，充满爱意地抚弄着脖子里的红围巾。

他和我一起靠在卡车高大的轮胎上，嘴里衔着巴根草的草梗，就像两个抽烟的男人那样交谈。

"可是，她后来不唱歌了，只做老师。"

"不，还化妆。"

我望了一眼表弟，我知道曹老师有一双神奇的手，能把表弟变成一个名叫"燕子"的女孩。

"她女儿叫'燕子'。"

"我知道，"表弟沉默了一会儿，吐掉巴根草的草梗，望着远方的秋水河说，"可是，后来没了，从此，她就不唱了……"

"怎么就没了呢？"我在心里小声地说了这样一句话，但是，表弟还是听见了。

"……"表弟用红围巾捂着自己的嘴巴,声音有些含糊,他说,"可是,她还是唱了!谁都听见了……"

"咦?你妈回来了!"我吐掉嘴巴里的巴根草草梗跳了起来,半口袋玻璃珠叮当作响。我们有多久没有玩玻璃珠了呢?我一边跳脚一边大声地喊道:"秀梅回来了,秀梅回来了……"

表弟把红围巾往上提了提,把他整个脸庞都遮蔽了起来。我听见他在围巾里闷声闷气地说了一句话:

"我妈早死了。"

王老师

一年前我写了同样题目的一篇文章,但是电脑坏掉了,文章也没有了,重新写作是一件非常痛苦的事情,所以就一直拖着没有写——如果是其他的文章也许我就放弃了,但是这篇文章我必须要写完。

一

我经常想,随便站在哪个学校的操场上,如果嗓门足够大的话,大喊一声"王老师!——"没准就有人回答,而且应者也许不止一个。每每如此想时,心中便会涌起许多感慨和感动。

王老师叫王世平。现在一闭眼睛我还可以看得见黑板上王老师用粉笔写下的自己的名字"王世平",很好看的楷体。那个时候以为,王老师的字是这个世界上写得最好的字。王老师说:"这就是我的名字,我叫王世平。"王老师是当时我所有老师中第一个主动告诉自己姓名的老师,而其他老师的名字,往往是我们背地里打听出来的。其实,那个时候已经不需要他这样介绍自己了,因为我们已经都知道他的名字了。

我当时就读的小学叫"范湾小学",为什么叫"范湾小学"呢?为这当时我思考了很长时间。后来母亲告诉我说,因为我们的村子叫"范湾村"。答案如此简单,于是我不甘心地继续追问,为什么我们的村子叫"范湾村"……如此这般,直到母亲生气。我们学校里的老师都有师长的样子,尽管他们也许并没有多少学问,但他们首先得看起来像个老师。这是很客观地在讲。那个时候,我们那里的乡村小学教师队伍整体素质不是很高,因为我在小学一年级学的汉语拼音在我读高中的时候被证明基本上是错误的,几乎所有的发音都是按照我们村子里传承了几百年的方言来教的。在这个所有的老师看起来都像老师的学校里,王老师最不像个老师。

王老师刚来学校的时候教一年级的语文。王老师喜欢踩着铃声在学校里飞奔,软软长长的头发一飘一飘。从教师宿舍到教室,有一个两三尺高的台阶,用石头垒成的,王老师往往轻松一跃,人就在台阶上了。风一样的王老师总是风一样地微笑着,风一样地行走着,风一样地快速讲着话。这,让读三年级的我们很惊讶,原来老师也可以是这样的。所以我们很快就打听出来了这个风一样的老师叫王世平,刚从师范学校毕业。

王老师来的时候,我读三年级,教我们语文的是学校里的副校长,姓陈。我对于他的记忆只有两点:一、个子不高;二、他狠狠地批评过我一次。个子不高,没什么好讲的,他的狠狠的批评,对当时的我来说是一个很大的伤害。说实话,我读三年级的时候对于学习仍然处于懵懂状态。当时陈老师让我到黑板上听写生字,结果我几乎没有写对一个字。陈老师踢了我几脚,顺便狠狠地训了我一顿——其实我们学校里几乎所有男生都经受过这样的批评，只是我当时觉得这是莫大的羞辱，眼睛里饱含着泪水。更严重的是，此事让我非常恐惧，我害怕这样的情景再现，愈如此愈记不住那些难写的生字。

在下学期快要开始的时候，陈老师在一场车祸中丧生。这在当时是我们乡里最惨重的一场车祸，有7人在车祸中丧生。因为开学前要到乡镇教育组开会，所以一车的人几乎都是老师。陈老师刚初中毕业的儿子来教一年级的语文。于是，王老师就成了我们的语文老师。

二

这个最不像老师的老师用普通话上课——而以前我们所有的老师都讲我们当地的方言。王老师从来不打人，也不骂人，这也和我以前的老师不一样。

王老师给我们上课之后，我们班里所有的男生都喜欢奔跑，喜欢冲着人微笑。我们班上的男生都喜欢穿一种蓝色的的卡布衣服，四个兜的，有点儿像中山装，但又有别于中山装，有点儿像军装，但又有别于军装——这是20世纪80年代中期我们村子里男生最好的衣服。最重要的是，王老师就穿这样的服装。于是，你经常可以在学校的操场上看见许多头发有点儿长，穿着各种布料和不同裁剪却又大体相似的衣服的男生。这些男生喜欢莫名其妙、没有什么目的地奔跑，没有任何目标地微笑，如果你看见了这样的男生，那么他们的脸上肯定充满了幸福感——因为有这样一套让许多男生羡慕的衣服，因为可以看起来更像王老师一些！

记得我为了拥有这样一件衣服费尽了心机,但是始终没有得到。当时我的内心满是沮丧,总觉得在这样灿烂的日子里,看什么东西都黯淡无光。为了弥补这样的缺憾,我开始在自己的头发上下功夫。开始很简单,只要坚持一个月不理发,头发就野草般地茂盛了起来,但如何让这野草般的头发柔顺并且飘逸呢?为这,我第一次拒绝了母亲用洗衣粉给我洗头。母亲很诧异地望了我好久,仿佛不认识自己的这个儿子。好在还有许多在她看来更重要的事情要去做,很快她就忘记了要给我洗头这样的小事了。我想,现在不会再有小学生使用洗衣粉洗头了,他们都有自己喜欢的洗发水品牌。但我10岁之前却一直用洗衣粉洗头,在当时我感觉还不错,虽然洗完后头发涩涩的,干干的,但有一股洗衣粉的清香。后来课本上说皂角可以洗发,我就和表弟一起抱着根长竿去敲皂角,但是效果也不是太好,最重要的是洗起来很费劲儿。后来我找到了一种最好的洗发水,一小瓶叫作"郁美净"的洗发水,是从姐姐书桌的抽屉里找到的。用这种洗发水洗过头之后,啊,所有的头发仿佛都不存在了,太美妙了,那种感觉!目前为止还没有哪个牌子的洗发水带给我那样的感觉。

记得那天中午,我用这个洗发水洗完头发之后,就怀揣着姐姐的小镜子逃向了田野间,我在长满了碧草的田埂间奔跑着,右手举着小镜子。果然,我的柔软的头发在小镜子里飘啊飘啊的,就像王老师的头发一样。我成功了!看着小镜子里的我的秀发,我快乐地奔跑着,结果很容易就跌落在田埂旁的水沟里,鞋子湿了,镜子摔掉了,沾了泥污,但我的双手护住了干净的头发。我用衣袖擦干净了镜子,镜子里的头发还在,如跌倒前一样。我放心地吁了口气，舒展双臂躺在田埂上，层层的麦浪向我汹涌过来。那样金黄的麦浪啊，多么美妙啊，就像田野的头发，这是多么漂亮的头发啊，还有着麦子成熟时的清香，一如我的洗发水的味道。那几天，操场上奔跑着的男生多了一个我，虽然我没有穿着王老师那样的衣服，但我顶着王老师那样柔顺的头发。我奔跑着，没有目标地奔跑着，像田野间的风；我微笑着，没有目标地微笑着。我们像不知名的花儿，朵朵怒放。

女生们变得矜持起来了，她们微笑着看着我们奔跑，仿佛在欣赏什么风景。不过，她们更喜欢围着王老师问题目，还喜欢在课间的时候把王老师拉过去跟她们一起踢毽子……总之，我们范湾小学三年级的学生们的生活发生了很大的变化。每个人的眼睛都是亮晶晶的，他们的眼睛看到哪里，哪里就会有最美丽的花儿盛开。

现在许多孩子追星的行为我们不太理解。其实，那时我们也是有偶像的，虽然在当时我们生活的字典里，还没有"偶像"这个词，但那时我们对王老师那样狂热的爱和模仿，就是对偶像的爱和模仿。

那样快乐的日子里我们挥霍着那样简单的快乐，真让人怀念。不过这样的日子没有多久，我们又体会到了另一种情绪——忧伤。

三

在我读三年级之前，我不是太清楚地记得，我们也学习过唱歌，但也只是在放学排队回家的时候，唱过几首革命歌曲。到现在我还清晰地记得王老师教我们唱歌的情景。王老师在黑板上写下了很好看的楷体粉笔字"故乡的云"，然后说："这节课，我们学唱歌。"

天哪！我们的教室马上就炸开了锅，大概过年的热闹也不过如此，过年的快乐也不过如此。等王老师的歌词写完之后，这沸腾的一锅水安静了下来。王老师说："我先唱一遍。"歌声起来了……

> 天边飘过故乡的云，它不停地向我召唤。
> 当身边的微风轻轻吹起，有个声音在对我呼唤。
> 归来吧，归来哟……

这和以前的革命歌曲不一样，感觉歌曲里有一种怪怪的感觉。听完王老师的歌之后，我们一起静默了。然后大家一起跟着王老师高低错落一句一句地唱着。

在教完我们唱这首歌之后不久，王老师忽然就离开了。不知道为什么。

我们班上每天都在没有头绪地讨论王老师的离开。说法很多，有说王老师和学校领导关系处不好；有说王老师要到城里去教书；有说王老师家里很穷，家里出了什么事情……

我们每天都在相互打听着，每个人似乎都急得团团转。有着王老师的发型和服装的男生们不再奔跑了，他们一起失掉了奔跑的方向。女生们仿佛都有了自己的心思，茫然地望着窗外，手里捏着毽子也不出去踢。

我记得有一次我一个人走路，风很大，顶着风踉跄地走着，走着走着忽然就唱了起来："……归来吧，归来哟，我已厌倦漂泊。我已是满怀疲惫，眼里是酸楚的泪……"风，呼呼地灌向我的喉咙，可是我还是对着风这样梗着脖子吼唱着。唱完之后，心里忽然有了一种伤感。多少年过去了，我还清晰地记得当时的伤感，那是年少的我第一次体会到一种伤感的滋味，说不出来，只好好几天都沉默不语。10岁之前我的生命有过什么样的情感体验呢？在我7岁的时候，爷爷去世了，懵懂之中带给了我死亡的恐惧和难过；逃课被父母打骂，但哭过之后就什么也没有了；被老师无视尊严地当众辱骂或者踢打，这样的事情多了也会渐渐地习惯。唯有这次在风中我唱着王老师教我们的歌曲，让我忧伤。这样的忧伤不只是让人心里觉得难过，还让人觉得，心里，非常美好。

其实，在当时我并没有理解这首歌曲到底在唱什么，在表达什么，我只是感觉到了歌曲里的那种怪怪的忧伤。其实不光是我，还有我们班上的同学。在当时我们的学校，每次预备铃声一响，文艺委员就要起某首歌的头，然后我们大家就跟着唱。等我们的歌唱完之后，老师再进教室上课。那天，文艺委员唱了歌曲的开头："天边飘过故乡的云……"然后班上的同学就一起唱这首王老师教会我们的歌曲。歌曲和往常一样，唱得有些七零八落，在我的印象中我们很少整齐地唱完过一首歌。歌唱完后，王老师静静地走进了教室。

王老师沉默了一会儿说："再唱一遍吧！"

于是，我们又唱了一遍。这一遍稍微整齐了一些。"归来吧，归来哟，浪迹天涯的游子；归来吧，归来哟，别再四处漂泊……"

有几个女生唱着唱着竟然伏在桌子上哭了起来。我想，也许并不是因为她们完全领略了歌曲中的伤感，而是因为看到了王老师。王老师让我们牵肠挂肚了好长时间，忽然又没有任何征兆地回到了教室。几个伏在桌子上哭泣的女生很快把这样的情绪带给了全班的同学，连男生也把头别向窗外，偷偷地抹眼泪。

王老师捏着一支粉笔，背对着我们面向黑板，好久没有写一个字。我看见他抬起衣袖抹掉眼角的泪水，他转过身来，没有说出一句话，眼睛红红的。

我忽然记起当时他教我们唱歌的时候也是如此，眼睛红红的。我现在还记得，他仰着头，青筋一条条地挂在他的脖子上，像挂着一把豇豆，他正努力地唱着歌曲的高音部分"我曾经豪情万丈，归来却空空的行囊……"

四

王老师的头发剃短了，渐渐地也不在学校里奔跑了。但他仍然和往常一样和蔼可亲地微笑着，依然慢条斯理地说着普通话，依然耐心地跟我们讲解着自己讲过好多遍的习题。偶尔，他也走到女生中去接过毽子踢几脚，或者被我们男生簇拥着，到学校的水泥乒乓球台上，捏着一块我们自己锯的木板打乒乓球。

王老师开始教我们写作文了。

我写的第一篇作文叫《游泳》,王老师给我打了95分,评语如下:"模仿课文《捉鱼》,写得很好!"而且将它当作范文在班上读,并让大家传阅。

我像是风筝,一下子被放到了空中,头重脚轻地飘着。

第二篇作文要写游记。有了上次的成功经验,我就模仿课文《参观人民大会堂》,自己杜撰了一个"公园",就按着课文的写作顺序去"参观"。

作文本发了,打了60分,王老师给我的评语如下:"模仿不等于硬搬。"

自以为掌握了作文之道的我一下子又不知道如何作文了。

有一天,王老师把自己买来的作文类的杂志分发给我们阅读。在此之前,我们从来没有看过任何杂志。我不知道其他的同学有没有从王老师的那些杂志里受益。我只知道自己受益匪浅。王老师的那些书籍为我打开了一扇窗,我知道了好些乡村之外的生活。

因为我总跟王老师借书,而且还得很快,王老师就考我是否真的看完了那些书。结果好多文章我都能复述,王老师对我的关注多了一些,于是借给了我一本很厚的书——《说岳全传》。

我如获至宝,废寝忘食地看完了,几乎能够把这本书给背下来。在路上跟同伴神采飞扬地讲着书里面的故事。走在田埂上,书本就在我的手舞足蹈中落入了禾田。农人刚把泥翻好,谷子刚刚发芽,所以书本满是泥污。我当时吓哭了。我不知道我该跟我最敬爱的王老师怎样解释,我想,从此我就要失掉王老师这个如长兄如慈父的老师了，心中痛悔不已。

王老师自然十分心痛，估计他怕我自责，就没有说什么，问我还需要其他的书吗。

我羞愧得脸都红了，摇头走开了。

接下来的日子里，我总躲着王老师。有次下课了，我正望着窗外发呆，王老师走过来说："你猜我这是本什么书？"

王老师的手里拿着一本书，书的封面用挂历纸包住了，很精美。我摇了摇头。

王老师打开书页，只见"说岳全传"四个字。

王老师说："看，跟新的一样。我那儿还有书，你想看什么可以过去挑……"

从此我又可以跟王老师借书了，只是我在看每本书之前，都先用纸把封面包起来。这个习惯保持至今。

后来我读四年级了，王老师送了我一个笔记本，他说："如果你在课外书上看到了自己喜欢的话或是你觉得好的词语，就抄在这个本子上。"

于是，我就在这个本子上抄了许多自己认为好的语言和词语。做读书笔记的习惯，我也保持至今。对于作文，我慢慢地有了兴趣。

有次读课文，那篇课文让我感动得落泪了，我跟王老师说："这篇文章写得真好，如果我也能写出这样的文章来就好了。"

王老师说："你也能的，只要你有这个志向。"

那个时候我立志要当作家，至今，我仍然不算是一个作家，但这个志向却一直没有变。

五

后来王老师就不再教我们了,并且他也调离了我们这个学校,到其他村子里去教书去了。

我读高中的时候,到在胡嘴村小学教书的姐姐那玩,听姐姐说起,王老师就在这个学校里,于是我就过去看王老师。

我去的时候王老师正弯着腰给煤炉子生火,烟子呛得他直咳嗽。他的妻子正抱着哭泣的孩子,他们住在一间仄仄的教工宿舍里,妻子没有工作,日子过得很拮据。

读大学的时候,我每每回家,母亲往往会告诉我在街上碰见王老师了,他问我学习用功不用功。于是,我就信誓旦旦地说:"我一定要去看望王老师。"

可是到如今我也没有去看过王老师。

去年回家过年,然后乘车到襄樊,车子快到襄樊的时候有乘客下车。一个微胖的男人从后座起身下车。忽然间我觉得这个人好熟悉,正在疑惑时,车上有人说:"王老师,王老师,王世平老师……"

王老师默默地下了车。车子启动了,我从车窗里望向王老师,王老师正望着渐渐远去的汽车,他有些老了。听车上的人议论说王老师现在是王台村小的校长,然后都七嘴八舌地说着王老师的一些事情。

原本安静的车厢里因为王老师的离去一下子热闹了,大家这样热切地谈论着王老师。

我很奇怪,车子里居然有这么多人认识王老师,有这么多人说王老师好。

　　车子渐渐远去了,车上的我伤感至极。今天,我写到这里,仍然忍不住要流泪。真的,我很想念王老师。

霸王别姬

靠窗的衣架上整齐地挂着许多戏装,它们一起静默着。四月的阳光透过翠绿的梧桐的叶子的罅隙,温暖地投照在这些戏装之上。

门开了,男孩安静地走了进来,他越过那些刀枪剑戟,越过一架一架的衣帽和戏装,然后在靠窗的那一架戏装前停了下来,他很准确地从众多的戏装里拿起那一件戏装,然后放下书包,把自己一套很漂亮的运动服脱掉后随手扔在地上,接着把衣架上的戏装小心地穿在了自己的身上。他对着镜子整了整戏装的褶皱,然后拎着书包离开了这静默着的众多戏装。

门关了,门牌轻轻地晃了几下,上面写着"道具间"三个字。

有晨读的声音从远处传来。

"那飞驰,我说过了的,这套戏装如果你喜欢的话可以带回家,不必每天都来换。"一个老头儿对男孩说话。

男孩叫那飞驰。这个老头儿是学校专门管理道具间的老师,姓邹,同学们喜欢叫他邹爷爷。他年纪有点儿大,好像已经退休了。

男孩仰起头，一脸茫然地望着老人，鹅黄色的阳光温暖地照着男孩。

"那飞驰，能告诉爷爷吗？为什么不穿其他的戏装？"老人俯下身问男孩，老人可以清晰地看见男孩那被阳光照耀着的那张干净的面孔上细密的汗毛。

男孩下意识地后退了一步，胸脯剧烈地起伏着，忽然一句清越的京剧道白掠起："我原本是西楚的霸王！——"

老人转过身去，轻轻地叹息着说："不愧是梅老师的亲传，多正的腔音啊，可惜啊，可惜……"

老人推门进了道具间，每天他都会把男孩脱下的衣服整理好，等他放了学之后重新穿上。

门开了，那飞驰安静地走进了教室。很快教室里响起了那飞驰的英语诵读声。所有的同学都已经习惯了那飞驰每天都穿上戏装来上课，所有的同学都在学着宽容。

那飞驰在半年前的一场车祸中有了记忆障碍，康复后他每天都要穿着戏装上课，而且只穿霸王的戏装。

所有的同学都希望那飞驰能够恢复记忆，所有的同学都在帮助那飞驰找到从前，但过去的一切于那飞驰来说只有空白，那飞驰拒绝和任何人说话，除了曼诗虞。为此老师特意让曼诗虞跟那飞驰同桌。

每天那飞驰都会穿着戏装安静地坐在曼诗虞的旁边，每天曼诗虞都会对着那飞驰甜美地微笑，因为曼诗虞发现，她的微笑会让那飞驰从狂躁中安静下来。

在中国京剧学院附属小学,每个学生都要接受传统京剧教学,所以在早读过后他们换好训练服一起来到了排练大厅,只有那飞驰始终穿着戏装。

"同学们,你们学习京剧已经6年了,是我们学校水平最高的演员,所以我们从今天开始要排演一出新剧,叫《霸王别姬》。"

曾老师的话刚落下,同学们便议论开了,因为大家都知道这是一个好著名的剧。

曾老师顿了顿说:"咱们这个剧将要在六一儿童节公演,演出地点是市京剧剧院!"

哗!——同学们又议论开了,因为大家都知道市京剧剧院是这个城市最大最好的剧院。

"这个戏中戏份最重的是虞姬,我们几个老师研究后初定由曼诗虞同学来饰演,至于霸王嘛,我们目前还没有很合适的人选……"

"咳!想俺项羽呼!力拔山兮气盖世,时不利兮骓不逝;骓不逝兮可奈何……"忽然间那飞驰唱了起来。

曾老师扭过头去对李老师小声地说:"不愧是梅老师的亲传,多好啊……"

曼诗虞说:"啊,那飞驰,你居然记得《霸王别姬》里的唱词!你居然记得《霸王别姬》里的唱词!"

那飞驰一脸茫然地望着曼诗虞。

曾老师和李老师一起蹲了下来问那飞驰:"能告诉我们《霸王别姬》说的是什么事儿吗?"

同学们也都兴奋了起来,围在那飞驰的旁边说:"那飞驰,你还能再唱几句吗？——你唱得太棒了！……"

那飞驰白净的脸上立刻变得有些绯红，他有点儿兴奋，更有些紧张，他张了张嘴想再唱几句，但他不知道该唱什么，于是，他将求助的目光投向曼诗虞。

李老师说："好了，同学们，咱们开始排演吧，离六一国际儿童节还有两个月的时间，其实两个月对于我们来说是远远不够的……"

"爸爸，今天那飞驰跟我们唱了《霸王别姬》。"曼诗虞一放下书包就赶紧推开了爸爸书房的门。

爸爸从电脑前转过了身子说："他记得里面的唱词？"

"是啊，可是我们从来没有学过《霸王别姬》的戏文。"

"那梅老师有没有教过你们《霸王别姬》的戏文？"

"梅老师有次跟我们提到过《霸王别姬》，她认为这个戏不太适合我们小孩子学，但跟我们讲过《霸王别姬》的故事——可是，可是车祸后梅老师就去世了，她不可能再教那飞驰任何戏文，那么为什么那飞驰却记得《霸王别姬》里的唱词呢？"

爸爸喜欢在思考的时候捏着自己的下巴，他忽然松开紧捏着下巴的右手，眉毛一扬说："那飞驰出现记忆障碍肯定不仅仅是因为车祸，还与《霸王别姬》这幕剧有关，而以前，我们总局限在他出车祸这个事儿上……"

曼诗虞："对啊，对啊，爸爸不愧是搞心理学的——不过我觉得他的失忆与这两件事情都有关系……"

爸爸说："对，你分析得很对。哎，对了，诗虞，那飞驰能回忆起他的妈妈梅老师吗?"

曼诗虞回答道:"我从5岁起就开始和那飞驰一起跟梅老师学习京剧,可是对于我,他也只是觉得似曾相识,并不能回忆起从前的事情,更何况他的妈妈已经在车祸中去世……"

爸爸沉思了片刻:"你要经常跟他讲从前你们一起学京剧的一些有趣的事情,或许他能回忆起一些什么。"

"我每天都在跟他讲这些,不过每次他都睁大了眼睛像是在听别人的故事。"曼诗虞从书包里拿出一张纸条递给爸爸说,"这上面写着那飞驰的身高,我好不容易才测好了的,很准确,你赶紧给他做件新的霸王戏装。"

黑板上写着"霸王别姬"四个字,曾老师说:"同学们,今天的戏文课就讲到这里,剧情有点儿复杂,同学们要好好温习。好,同学们,再见。"

教室里安静了一会儿,接着大家一起讨论起了老师刚讲完的《霸王别姬》,因为这个故事打动了同学们。

曼诗虞从书包里拿出了一套叠放整齐的新戏装,然后递给了那飞驰。曼诗虞发现在看见戏装的那一刻,那飞驰的眸子亮了。

曼诗虞喜欢看那飞驰的眸子,总水汪汪的,那样清澈。

那飞驰白净的两颊立刻变得绯红,赶紧拿起戏装跟自己比了起来。当他发现戏装竟然跟他的身高一样的时候,晶亮的眸子立刻望向了曼诗虞,他那样开心地笑了。

同学们都过来帮那飞驰穿衣服,同学们都微笑着,因为半年了,他们第一次看见那飞驰这样开心地笑。

穿好了戏装之后，那飞驰愣怔了好一会儿，然后笑着对曼诗虞说："老师今天讲的戏文课我好像听谁讲过。"

曼诗虞急切地问："是不是你的妈妈？"

"妈妈？"那飞驰一脸茫然，"我没有妈妈，只有外婆。"

曼诗虞眸子里的希望一点点熄灭了。

那飞驰抚摸着新戏装高兴地对曼诗虞说："曼诗虞，谢谢你啊！"

曼诗虞的眸子又亮了："啊！太好了，你终于记得我叫曼诗虞了，太好了！"

那飞驰又有些茫然："你本来就叫曼诗虞嘛……"

吃饭的时候，曼诗虞咬着筷子，歪着头在想什么事情。

爸爸批评道："吃饭不许咬筷子！"

曼诗虞没有理会爸爸的批评，她仍咬着筷子。过了一会儿她把筷子架在碗上，说："那飞驰说他好像听谁跟他讲过《霸王别姬》的戏文。"

爸爸也放下了筷子，问："那他有没有想到自己的妈妈？"

"我也是这样问他的，但他说，他没有妈妈，只有外婆。"

爸爸皱着眉头，过了一会儿眉头一扬说："也许《霸王别姬》是打开他记忆之门的一把钥匙——诗虞，你有没有想过那飞驰为什么总是穿霸王的戏装？"

"你不是说过吗，那飞驰不仅有记忆障碍，而且还有些自闭，是因为受到过重大的刺激。"

"我说的不是这个意思，我是问，他为什么总穿霸王的戏装，而不是别的戏装？——我查阅了许多资料，我在推测，那飞驰出车祸的那段时间里肯定接触了《霸王别姬》这幕戏。"

曼诗虞很快接过爸爸的话说："所以在车祸之后，在那飞驰的记忆中会反复出现《霸王别姬》里的情节？"

"不错！记得爸爸在国外留学的时候学习过符号学，霸王的戏装只是一个符号，是仅存于那飞驰记忆中最鲜明的一个符号，那飞驰自己也希望通过霸王的戏装来回忆起从前，所以他总在寻找与《霸王别姬》相关的点点滴滴，只是他的这种寻找不是有意识的，而且一种下意识的行为……"

曼诗虞皱着眉头说："爸爸，你讲的话我有些不懂呢。"

"不懂不要紧，慢慢你就会明白。"爸爸笑着说，"赶紧吃吧，菜都凉了。"

曼诗虞有些不放心地问："爸爸，你说那飞驰会恢复记忆吗？"

"他肯定会恢复记忆——他现在不是已经在开始恢复记忆了吗？"

"是吗？太好啦！"

排演厅的灯都开着，平时是不打开的，因为时间很紧，所以今天晚上还要加班排练。

"同学们，这段时间大家辛苦了！"曾老师雪亮的眸子扫了周遭的同学们一眼，最后落在曼诗虞身上，"曼诗虞同学的剑舞已经学得非常棒了，事实证明我们选择曼诗虞饰演虞姬是非常正确的决定——但是，我们的霸王还没有最后确定下来，这让我们很着急。通过这段时间的排演，我和李老师商量了一下，霸王的角色决定由那飞驰同学来饰演！"

同学们响起了热烈的掌声，有几个同学有点儿不服气，想说什么，但被旁边的其他同学制止了。

那飞驰看着曼诗虞呵呵地笑着，忽然他拉起了曼诗虞的手，说："我要演霸王！其实，我觉得我本来就是霸王！——我原本就是那西楚的霸王！"

清越的嗓音掠上了排练厅顶上的灯光，所有的同学都心悦诚服地望着那飞驰。

那飞驰突然说："我妈妈是我心中最伟大的京剧演员，她演《霸王别姬》演得最好！"

曼诗虞也紧紧地抓住了那飞驰的双手："太好了，你终于记起了你的妈妈！真是太好了！"

那飞驰很快又垂下了头，说："可是我不知道我妈妈到哪里去了……"

曼诗虞几乎是一路跑着回的家，"嘭！——"撞开门后，书包都顾不上摘下就上气不接下气地对爸爸说："那飞驰——那飞驰想起了自己的妈妈……"

爸爸放下杂志说："是吗？"

"他说他妈妈是他心目中最伟大的京剧演员！"

"是啊，梅思芳老师原本就是极好的京剧演员，只是她走得太早了……"爸爸接着又问，"他还想起了什么？"

"他说他不知道妈妈到哪里去了。"

爸爸没有说话，两个人都在夕阳映照下的书房里静默着。

爸爸忽然说:"诗虞,走,咱们到客厅里去,我给你看样东西。"

爸爸牵着曼诗虞的手往客厅走去:"诗虞,那飞驰的外婆给了我一盘磁带。"

"什么磁带?"

"是一盘梅老师演出的磁带。"爸爸边说边把磁带放进了播放机里。

电视屏幕里出现了一个舞台,曼诗虞一眼就认出了这是市京剧剧院的舞台。舞台上上演的正是《霸王别姬》,虞姬正在优美地舞剑,霸王正在悲切地演唱。

"啊,舞剑的虞姬不就是梅老师吗?这是谁拍的啊,怎么晃晃悠悠的啊?"

"这是那飞驰用DV机拍摄的,所以画面有些不稳定。"爸爸说,"你知道这是梅老师什么时候的演出吗?"

"什么时候?"

"这是梅老师出车祸前一个小时的演出录像,梅老师演完《霸王别姬》之后就跟那飞驰一起开车回家。"

"然后他们就在外环的拐弯处遇到了那场可怕的车祸?!……"

"是的。"

父女俩都沉默了。

爸爸发现曼诗虞的脸上挂着泪水,就伸手拉过曼诗虞,问她:"怎么啦,孩子?"

曼诗虞说:"爸爸,没什么,我,我好想念梅老师。"

爸爸忽然转移话题说："曼诗虞，爸爸要到美国做一年的访问学者，就是妈妈所在的那个大学，所以，我和妈妈商量之后希望你能够跟我一起到美国。"

"我走了，那飞驰怎么办？更何况，《霸王别姬》要在六一儿童节公演。不行，不行，我绝对不会跟你走。"

爸爸想了一会儿说："那这样吧，就只去一个星期，我再送你回来，妈妈太想你了——你就不想妈妈？"

"想，我昨天还梦见妈妈了的。"

"那就这样决定了。"

"好的，可是，可是我该怎么跟那飞驰说呢……"

曼诗虞说："那飞驰，我要去美国了，明天就走。"

那飞驰的脸一下就变得苍白，他雪白的牙齿咬着下唇，什么话都没有说。

曼诗虞："我很快就回来了，就一个星期，你就……就当我生病了，休息了一个星期，好不好？"

那飞驰看了曼诗虞一眼，仍然是什么都没有说，但是曼诗虞听见那飞驰轻轻地吁了一口气。这一整天那飞驰都没有说话，但是情绪还算稳定。

曼诗虞直到放学的时候还不放心那飞驰，所以他们一起向着校门口走去，那飞驰穿着曼诗虞送给他的新戏装。有许多人，看那飞驰的衣服，但是他们却完全沉浸在自己的情绪之中，对周遭的一切不闻不问不觉。

忽然，那飞驰问："曼诗虞，你明天从哪里上车？"

曼诗虞说:"应该就从那个小站去,爸爸说不开车,而且行李也少,干脆就坐公交车。"

那飞驰就不再说什么了,曼诗虞觉得那飞驰的情绪还算平静,就回了家。

"外婆,我爸爸呢?"那飞驰第一次主动地跟外婆说话。

外婆愣了好一会儿不知道该怎么回答他。

那飞驰说:"这段时间我好像回忆起了一些什么,我现在知道了妈妈是个京剧演员,我从来回忆不起爸爸……外婆,我有爸爸吗?"

"你当然有爸爸,只是在你很小的时候爸爸就去了国外,之后就再也没有回来了。"外婆一边叠着衣服一边对那飞驰说着。

"也就是说,爸爸他抛弃了我和妈妈——可是妈妈到哪儿去了呢?"那飞驰问。

"妈妈哪去了呢?"外婆重复完这句话之后眼泪就开始在眼眶里打转了,"孩子,你会回想起这一切的。"

"为什么今天我总想着分别,好像我听谁跟我说过,生离死别,说《霸王别姬》中的霸王和虞姬就是生离死别,是谁跟我说的呢?"那飞驰望着客厅的天花板忽然说,"外婆,我想看我妈妈的照片。"

外婆在听到"生离死别"这四个字的时候就已经泪眼婆娑了,再听到那飞驰跟她要照片,眼泪更是奔涌而出,她赶紧到屋里把妈妈的照片拿给了那飞驰。

那飞驰说:"外婆,这是你的家对吗?我和妈妈还有另外的家,是这样的吗?"

外婆喜忧参半，喜的是那飞驰今天一下子回想起了许多事情，忧伤的是女儿永远地离开了她。

外婆说："是的，所以家里妈妈的照片不是很多。"

在那飞驰的卧室里，他斜靠在枕头上，头枕着左手，右手捏着一张照片，照片上是一个演员的剧照。

那飞驰闭上了眼睛，忽然想到在一个剧院里有一场规格很高的演出，演的就是《霸王别姬》，而演虞姬的就是照片上的这个人。

"妈妈！"那飞驰喃喃地说。

那飞驰赶紧又闭上了眼睛，他立刻回想起京剧中锣鼓家什紧密的响声，还有虞姬优美的剑舞和霸王大气悲凉的唱腔……然后他又看见了自己，正坐在第一排用妈妈新买的DV摄像机拍着舞台上的妈妈，他一会儿把镜头推上去，一会儿又赶紧拉开。当他发现镜头推上去之后摇晃得厉害，又赶紧把镜头拉开，拉开后又想推上去，因为那飞驰感知到舞台上的妈妈流下了眼泪，他想看看，在妈妈那涂满了油彩的双颊上是否真的挂着两行清泪。还有，他想知道，妈妈为什么流泪，是因为生离死别吗？

"生离死别？为什么我又想到了这个词？"那飞驰问自己。

在那飞驰又闭上眼睛的那一刻，他忽然看见了已经卸了妆的妈妈，妈妈若有所思地用钥匙来发动汽车。这个时候，坐在副驾驶座的那飞驰忽然问："妈妈，你哭了吗？"

妈妈愣了一会儿，什么都没有说。过了一会儿，妈妈忽然说："《霸王别姬》全在一个'别'字上，但它讲的不是一般的分别，是生离死别，上演的也不是一般的爱情……"

那飞驰还不太懂得爱情,所以不太记得妈妈关于《霸王别姬》里爱情的评论,但他却深深地记得了"生离死别"这四个字。

那飞驰多想能够再回忆起过往的那些细节,但却什么都回想不起来了,他的脑子里一片空白,直到他沉沉地睡去。

那飞驰忽然从床上坐了起来,愣了一会儿,他甩了甩头,说了声:"糟糕!"

那飞驰拎起书包就飞奔了起来,外婆跟在后面说:"早餐,早餐还没有吃呢!……"

那飞驰飞快地奔跑着,他的头发在风中飞扬。拐过弯之后,远远地他发现一个大人跟一个女孩上了公交车,他挥舞着书包,加快速度奔跑着,但是汽车缓缓地启动了,并且加大油门向前驶去。

他跟着汽车奔跑着,直到汽车把他甩下很远。他弯着腰低着头,大口大口地呼吸着,他抬起头,已经看不见汽车的踪影了,只是一条马路在晨光中伸向遥远的远方。

那飞驰耷拉着头拎着书包慢慢地向回走,忽然他清越的嗓音响起:"……力拔山兮气盖世,时不利兮骓不逝;骓不逝兮可奈何,虞兮虞兮奈若何……"

腔调悲切苍凉,完全不像一个孩子的嗓子。

等那飞驰唱完后一转身,发现马路对面站着的女孩竟然是曼诗虞。

他愣愣地站定了,就这样定定地望着曼诗虞。他刚想跨步过

103

马路的时候，一辆一辆的车从马路中间疾驰而来。他们就这样凝望着对方，这过往的车辆从来没有切断他们彼此的视线。男孩的眼泪挂在了腮上，女孩的眼泪流到了唇边，阳光下的两个孩子，隔着一条咫尺的马路像是隔着天涯。

女孩银铃般的笑声首先响起，她跑过了马路，拉着那飞驰的手定定地望着他，眼睛弯弯地笑着，明亮的眸子里闪着泪花，长长的睫毛也被这泪水濡湿了。

男孩有些羞涩，赶紧擦了下泪水。

女孩笑着说："那飞驰，你今天没有穿戏装呢！"

那飞驰再一看，啊，果然自己没有穿戏装呢！为什么忽然就完全忘记了要穿戏装呢？为什么以前的那些日子每天都要穿戏装呢？那飞驰自己也想不明白。

那飞驰羞赧地说："哈，小鱼儿，我什么时候穿过戏装啊，我从来只在演出的时候穿戏装。"

曼诗虞知道那飞驰在耍赖装糊涂，所以也不追究。曼诗虞本来已经哭过了的，但她听到那飞驰叫她"小鱼儿"的时候，她的泪水又在眼眶里打转转。因为曼诗虞和那飞驰一起跟梅老师学京剧的时候，那飞驰就喜欢叫她"小鱼儿"。

曼诗虞说："那飞驰，你终于记得我了，我就是小鱼儿啊！"

那飞驰说："是啊，我想起来了，你老喜欢扎羊角辫，是用红绸子扎的。"

曼诗虞高兴得小脸都红了："太好了，你终于想起来了，你终于想起来了！"

那飞驰问："你不是说你要出国吗？"

曼诗虞答:"我也不知道为什么,爸爸本来跟我说的是今天这个时候走,但不知道为什么又说不去了。我怕你要来这里送我,所以,我就……我就早早地在这儿等你。"

那飞驰又疑惑了:"我刚才追汽车的时候怎么没有看见你啊?"

曼诗虞说:"我叫了你好几声,可是你根本就没有听见,你只顾自己追汽车……"

他们就这样说着笑着,走在这条晨光中的金色大道上。阳光照耀着他们的面容,他们前面的路,铺满了阳光。

"爸爸,为什么咱们又不去美国了呢?"曼诗虞问爸爸。

"因为爸爸临时改变了计划。现在那飞驰怎么样了呢?"爸爸的眼睛透过镜片定定地望着自己的女儿。

"我觉得他基本上已经恢复记忆了。最重要的是他已经不再穿戏装上课啦。只是他回想不起妈妈的车祸到底是怎样发生的。"曼诗虞一边摆弄着手中的圆珠笔,一边漫不经心地回答着爸爸。

"诗虞,我给你看一些照片。"爸爸边说边打开电脑里的一个文件夹,曼诗虞发现那个文件夹的名字就叫"那飞驰"。

爸爸用鼠标拖着图片说:"这是梅老师车祸后被撞坏的车子。"

"天啊,车子被撞成这样了?"曼诗虞边看边说,"是什么车撞的?"

"梅老师的车子从市京剧剧院开到外环线路口时,一辆大货车突然从右边的坡上鸣着笛直冲下来——那辆货车的刹车突然失灵了。"

"哦，这样啊！"

"诗虞，你有没有想过一个问题？"

"什么问题？"

"如果这个货车是从右边疾驶而来的，那么它将会撞在梅老师车子的右侧。可是你看图片，梅老师的车子右侧几乎是完好无损。"爸爸指着电脑屏幕里的图片说着。

"爸爸，你的意思是说，如果按照常理，受货车撞击，受伤的应该是坐在副驾驶座的那飞驰，而不应该是梅老师？"

"没错，我们都无法解释这到底是怎么回事儿。那飞驰受的伤并不是很严重，只是精神上受到了很大的刺激。"爸爸又用右手捏住了自己的下巴陷入了沉思。

曼诗虞突然问道："爸爸，你为什么会有梅老师车祸后的现场照片？"

"因为爸爸是那飞驰同学的主治医生。"爸爸淡淡地说道。

"哦，爸爸！难怪你那么关注那飞驰的情况。"

"我反对通过药物或者物理磁疗的方法来治疗那飞驰的记忆障碍，而是让那飞驰回到自己熟悉的生活环境里去，让熟悉的人和物以及熟悉的生活重新唤起他的记忆。"

"爸爸，他会完全恢复记忆吗？"曼诗虞着急地问道。

"当然可以，因为我们为那飞驰制订了非常详细可行的治疗方案，更何况那飞驰的记忆障碍并不严重。"

曼诗虞想了一会儿问道："这么说，出国的事儿也是你治疗方案中的一个步骤？"

"是的，孩子，不要怪爸爸骗你。让那飞驰恢复记忆仅仅依靠我肯定不行，谢谢你的帮助，你在那飞驰恢复记忆的治疗中起了很大的作用。"

曼诗虞不仅没有觉得爸爸在骗自己，相反，她觉得爸爸是那样神圣，这神圣带给了曼诗虞一种从来没有过的陌生感。曼诗虞觉得爸爸是个了不起的医生，就像那飞驰觉得自己的妈妈是个伟大的京剧演员一样。这样的认识一开始并没有，但到了后来，通过某件事，就会自然而然地有了这样的结论。

下个星期《霸王别姬》就要开演了，这是最后一次彩排。舞台下面坐着校长、曾老师、李老师和一些媒体的记者——因为这个城市第一次上演由一群孩子来演的《霸王别姬》，所以媒体格外关注。除此之外，还有全部参演演员的家长，那飞驰的外婆和曼诗虞的爸爸都坐在观众席的第一排靠右边的位置上。

道具间的邹爷爷为那飞驰的戏装背后插满了小旗子后什么也没有说，只是拍了拍那飞驰的肩膀。那飞驰望了邹爷爷一眼，点了点头。那一刹那，他忽然想起自己曾经跟邹爷爷学过花脸，是什么时候他记不太清了，但学艺时的一幕幕却不断地涌上心头。邹爷爷是有名的京剧花脸，不知道为什么退休后就再也不演戏了，退休后他只带过一个徒弟，就是那飞驰。

在密集的锣鼓点中，那飞驰疾步从幕后走向了台前，走进了两千年前的十面埋伏：

"十数载恩情爱相亲相依，到如今一旦间就要分离！（唱散板）乌骓马它竟知大势去矣，故而它在帐前叹息声嘶！

（念诗）力拔山兮气盖世，时不利兮骓不逝；骓不逝兮可奈何，虞兮虞兮奈若何！"

　　"劝君王饮酒听虞歌，解君忧闷舞婆娑。嬴秦无道把江山破，英雄四路起干戈。自古常言不欺我，成败兴亡一刹那……"

　　曼诗虞的翩跹剑舞让那飞驰一时分不清自己到底身在何方，仿佛那挥剑忧伤而舞的虞姬就是自己的妈妈。当他看见曼诗虞的泪水挂满涂满油彩的双颊时，他忍不住失声大哭。还没待虞姬举剑自刎，他已经痛哭失声："妈妈！——"

　　那一刻，那飞驰的记忆突然豁亮起来，他看见了所有过往的一切。

　　舞台侧边的鼓点停了，所有的人都静默了。那飞驰和曼诗虞一起坐在舞台上的桌子旁边，外婆轻轻地走上了舞台，曼诗虞的爸爸也上来了。

　　大家静静地等着那飞驰，那飞驰脸上的脸谱已经被泪水冲刷成了真正的花脸。过了好久，那飞驰止住了哭泣。

　　那飞驰说："在地下停车场，妈妈发动汽车之后我对妈妈说：'妈妈，我看见你在舞台上流泪了，我也哭了。'"

　　"妈妈沉默了一会儿，没说什么，就把车开上了通往外环的路。一路上我和妈妈都没有说话，当车到外环路口的时候，一辆失控的货车向着我冲了过来……

　　"就在我失声尖叫的那一刹那，妈妈忽然向左猛打方向盘，将自己迎向了疾驰而来的大货车……"

　　曼诗虞的爸爸说："哦，原来是这样的，梅老师知道已经来不及避开货车,所以只好赶紧让轿车快速转向……"

曼诗虞说:"……这样,原本撞向那飞驰的货车就撞在了梅老师的身上……"

那飞驰说:"在急速的转向中,我被甩向了汽车右侧的门窗上。在激烈的碰撞中我失去了知觉……醒来之后我就忘记了这一切……"

曼诗虞的爸爸将曼诗虞和那飞驰一起揽在自己的怀里说:"好了,孩子们,一切都过去了,最值得高兴的是那飞驰终于又记得了这一切。"

曾老师过去紧紧地握住了曼诗虞爸爸的手说:"曼教授,谢谢你,你让那飞驰恢复了记忆。"

曼诗虞的爸爸说:"快先别谢我,我还要好好地感谢你们呢,排演《霸王别姬》可真是费心了!"

"啊!爸爸,原来让曾老师排练《霸王别姬》也是你治疗方案上的一个步骤,对吗?"曼诗虞问道。

"是啊。我不是说过了吗?《霸王别姬》是打开那飞驰记忆的一把钥匙!"爸爸说。

"不过我还有一个问题,那就是,你如何知道那飞驰就一定会按照你的方案一点一点地恢复记忆?"曼诗虞紧接着又问道。

"我为那飞驰设计了不止一套治疗方案。如果这个方案不行,我还有第二套方案呢!"

那飞驰说:"曼叔叔,谢谢你为我做了那么多!"

曼诗虞的爸爸说:"这可不是我一个人的功劳,还有外婆、老师和这么多的同学呢!他们为了让你恢复记忆可没有少费心啊!"

"谢谢曾老师，谢谢同学们！……"那飞驰真诚地给每一位帮助他的人鞠躬，他看见了外婆脸上闪烁着激动的泪花，他接着说，"我觉得妈妈不仅是我心目中最伟大的京剧演员，还是这个世界上最伟大的妈妈！她给了我第二次生命。"

曼诗虞抹了一把眼泪，这一下子把自己抹成了个花脸，大家都笑了起来。她自己也咯咯地笑了："那曾老师，咱们排演的《霸王别姬》会在六一儿童节公演吗？"

"演啊，为什么不演呢？不仅要演，咱们还要演好点才行，这才是对梅老师最好的纪念。"曾老师肯定地说，"咱们彩排还没有完呢，大家接着往下走——好，各就各位……"

锣鼓家什又都叮叮咚咚地响了起来，幕布缓缓地拉开了。

下面响起了经久不息的掌声。

邹爷爷对校长说："我从20世纪就开始演戏，演的戏不计其数，可是我觉得没有一出戏能比今天的这一出精彩。"

校长说："邹老，您知道，我是个戏迷，看了上千场戏。可是这所有的戏，都没有今天的戏好看！哎，邹老，您干脆重新登上舞台，还是唱您最拿手的花脸怎么样？"

邹爷爷说："那可不行，我还是管好道具，为孩子们服务。"

校长笑道："还是尊重您的意见，谁让您是我的师父呢！您看，孩子们演得多好啊！"

这次孩子们没有刚才那样投入，笑容都快撑破了脸上的油彩，因为每个孩子的心里都被这快乐激荡着。

阁楼上的幽灵

一

她是一个怪人。

倒不是因为她总穿灰色有点儿发白的对襟棉褂——有时，这样的土布棉褂也被染成黑色的，漆黑的夜一样的黑色。有一次春节，我随奶奶回到了农村，车坏了，跟奶奶在黑夜里穿越一个长满了松树的山丘，周围就是那样的颜色，没有星星，没有一点儿光——虽然，远处也有零星的鞭炮和烟花的声音传来，但是，光火没有跟上声音，隐没在远处的黑暗里。

远处的黑暗和近处的黑暗一样。我一下子就想到了那个老女人的黑棉褂。据说，那棉褂是她自己亲手纺织的，然后费了很大的周折找人染成那样的漆黑。穿越布满松林的山丘时，我就觉得自己是在染缸里泅渡，虽然，我从来没有见过染缸。

漆黑的夜晚让我胆战心惊，双腿发软，手心里全是汗。

年是别人的年了，连我喜欢玩儿的鞭炮也仿佛跟自己毫不相干了，一心只想快点度过那段暗无天日的时光。

可是，竟然有人愿意选择那样的黑，那样的灰，把自己包裹起来,怪人。

大家都叫她怪人,倒不是因为她的穿着——在我们那里,没有谁会在意谁穿成什么样子,只要你不光着身子就好。

她是一个怪人,是因为——我们这里都"种房",只有她一个人种地。

我们这里是哪儿啊?是一个被飞速发展的城市包围起来的村子。在我出生前几年,城市一下子就成了一个贪得无厌的怪兽,细胞分裂一般,不断扩张,很快就把"京汉铁路"给围了,把我们太爷爷辈这群沿铁路线逃荒而搭起的"河南棚子"变成了城中村,变成了市中心。先前穷苦农民工人的子弟,纷纷开始"逆袭",脖子里挂着指头粗的金链子,嘴角衔着香烟,指挥着工人把原来的三层楼加成五层楼,过几年,再把五层楼加成八层楼。

到后来,两栋楼房之间仅仅只隔着两个拳头宽,所有的楼房都怕冷怕孤单一样,胆战心惊地挤在一起。

穷苦出身的子弟,他们中间,也有想读书、想创业、想打工的,但是后来,不管是老年人还是年轻人,都一致认为,只有一件事情是正确的,那就是种房子。

大家都指望着拆迁呢,政府按面积还建,一栋楼可以赔偿几十套甚至上百套,这不是来年会收下很多很多的房子吗?

即便暂时不拆迁,把房子隔成好多间,租出去,一个月光租金就是别人一两年的收入。

所以,我们"复兴村"终日行走着各色怀揣梦想的人们,有衣衫褴褛的流浪人和戴着橙红色安全帽的建筑工人,也有刚参加工作的小白领,还有蓄长发怀抱吉他或背着画板的年轻艺术家……

所以，那个"怪人"常年穿着的对襟棉褂的"黑"与"灰"，根本不足为奇。

据说，那段时间我们复兴村真的开始全面"复兴"，全村响成一片，叮呤哐啷，夜以继日。大伙儿都忙着种房子，种下许许多多的房子。

还据说，爸爸读中学的时候喜欢写诗，想当一个诗人。可他见同村的同学都回家种房子了，便也把手插在裤兜里，指挥着工人把搅拌好的混凝土装在一个铁皮手推车里吊上五楼……

种完房子后不久，就有了我。

妈妈是爸爸同村的同学，外公家也种下了好多好多的房子。

所有的人都对我说，我是真正的金枝玉叶，比公主还要金贵。我来，就是为了享尽荣华富贵的。

可是，我有时候并不快乐。

二

不快乐的时候，我们就去找灰婆婆的茬——就是那个"怪人"啦。有时，我们也叫她"黑婆婆"，怎么喊她，要看她那天到底是穿什么颜色的衣服。

我们复兴村被城市包围，我们种下的房子再把灰婆婆包围起来——她仍旧住着两层半的老阁楼，阁楼下面一个茅厕，茅厕旁边一块菜地，菜地外围种满了长着尖钩刺的蔷薇，形成了一道坚实的篱笆墙，把她的小阁楼和臭茅厕还有一小块菜地一起围起来，像一个监狱。

就像画了很多个圆圈，围着她的最后一道圆圈还不是那道她自己亲手种下的刺蔷薇篱笆，甚至也不是包裹着她日渐肥胖身躯的灰棉裓或黑棉裓，而是她的冷冰冰和恶狠狠。

她总是抱着一个张牙舞爪的竹扫帚，冲每一个在她的菜园地驻足的路人挥舞着，或者，抱着扫帚挥舞着冲我们跑过来，像是驱赶苍蝇一样。

那时，刚读二年级的我特别喜欢看有关巫婆的童话书，我总觉得，她随时都会在赶走我们之后，蹁上右腿，骑着竹扫帚飞走。

有时，我又会觉得她也许只喜欢在夜晚来临的时候骑着扫帚在我们复兴村，或者，在我们城市的上空飞行。于是，有好几个晚上，我都不开灯，隐藏在黑乎乎的窗口看着灰婆婆矮趴趴的老阁楼。先是一楼的灯熄了，然后二楼的灯亮了，再然后，二楼半的灯也亮了，再然后，二楼半楼的灯熄了，又过了一会儿，二楼的灯也熄了。

二楼半灯熄的时候我有点儿紧张，我以为那时她要从二楼半敞开的露台上起飞。

可是，我透过窗格子，看见她在二楼晃来晃去，然后，一闪，不见了。

实在困得不行了。

可是，谁也不敢肯定，她不是在我睡着的时候起飞的？

"她是个巫婆吗？"

奶奶听了我问的话笑得差点被香烟呛住了，咳嗽了好一会儿。她洗了大半辈子的衣服，可是，现在都会使用西门子的滚筒洗衣机了。而且，她还学会了抽烟——爸爸开公司后，一条一条的烟放在柜子里,根本抽不完,她心疼钱,觉得那么贵的香烟放霉了,可惜。

"她先前跟我一样,是五一棉纺厂的工人,他们家可是军属家庭呢,老头子是抗美援朝的退伍军人,儿子……"

"儿子怎么了?"

"儿子死在越南的老山前线……"奶奶说完这话就再不说了,嘴巴闭着,烟灰老长,也忘记弹掉。

我还想追问有关灰婆婆的事情,可是,奶奶长长地叹了口气。我听见楼下有人喊我的名字:"金枝!金枝!"

听见没,我叫"金枝",我爸爸想,如果我再有个妹妹就叫"玉叶",如果有个弟弟就叫"金童"……

每次同学们喊我"金枝玉叶娇娇公主"的时候,我就恨我爸爸,就怀疑他曾经想当诗人的梦想,连自己女儿的名字都取得如此俗不可耐,估计诗不会好到哪里……

我为什么反感同学们叫我"金枝玉叶"?因为所有人都知道,我是个男孩子气的女孩。

"喊什么喊?来了!"我高吼一嗓子,就站起身来,往楼下冲去。看都不用看,莫怀玉这家伙肯定正仰着头,脖子筋脉偾张地喊嚷,手里正举着那把瑞士军刀——刚才,他给我发微信说,他爸爸在他十岁生日时送了他一把瑞士军刀。跑下楼的时候,我特意从楼道窗户里探出去看,果然跟我想象中的情形一模一样,只是,身边还有五个男生。

他发微信告诉我,要用瑞士军刀切开灰婆婆的刺蔷薇篱笆,在她的菜园地里建立一个秘密基地。

115

三

　　秘密基地什么的,那是我表哥莫怀玉那种坏小子们喜欢的游戏。他们一根筋地玩儿刀玩儿枪,家里的坦克飞机汽车模型和枪支玩具堆了一个房间,叔叔开玩笑说可以装备一个连。

　　不像我,我的秘密基地跟随我走,我的衣兜里和书包里各装备一套。一个小布袋,里面有各种小瓶子,有的是香水瓶,有的是药水瓶,据说女巫就用那些小瓶子里的各种水来配置魔法药水,我想要配置一瓶隐身药水,只是一直都不成功。

　　"好,都到齐了!"莫怀玉塞了一把小玩具手枪给我,我不要,顺手还给了他。他也不坚持,挥了挥手,说:"我们出发吧!"

　　我看他身边那五个家伙,表情各不相同,有很投入想演好角色的,也有偷偷咧嘴笑的,有点儿眼熟,但叫不出名字。

　　"我的雇佣军,"莫怀玉一边跑一边解释说,"每个人五十,我爸让我请来陪我过生日的……"

　　他跑了一阵子还回转头来问我知不知道什么叫作"雇佣军"。

　　虽然,我们在最好的小学读书,却没有什么朋友。他们背地里叫我们"暴发户",我们背地里叫他们"穷鬼"。实在没有朋友了,才和莫怀玉混在一起玩儿的,不然,谁愿意跟着他冲冲杀杀啊。

　　不过,"攻入"灰婆婆的院门是我们共同的理想。若真能研制出隐身药水,我首先想到的就是神不知鬼不觉地溜进灰婆婆那座神秘的阁楼,骑上她的扫帚飞几圈过过瘾,肯定比坐摩天轮和过山车好玩儿……

我们在高高的刺蔷薇篱笆前匍匐前进。我怕弄脏了衣服,猫着腰;莫怀玉的雇佣军们都偷工减料,半蹲着,撅着老高的屁股;只有莫怀玉一个人在前面真正地匍匐前进,橘黄色的狼爪冲锋衣上满是泥灰。

我闻见了一股特别好闻的味道,来自我的头顶。

我一仰头,好几朵垂下来的黄蔷薇就在我的鼻翼之上,清晨下过一阵急雨,蔷薇花层层叠叠的花瓣上还有亮晶晶的雨滴。

我忽然心中一动,来了灵感,取下了一个空瓶把蔷薇花瓣上的雨水收集了进去,也许,隐身药水就差这个了……

"快进来吧!"

我这才发现只剩下我一个人在蔷薇篱笆外面,他们都进去了。

我赶紧把采集来的"蔷薇之泪"装进布袋——回去后要贴个标签,"蔷薇之泪"是个好名字。

"目标,351高地!"莫怀玉指着那一片刚刚开花儿的白菜苔宣布道,"兄弟们,攻击开始!"

说完,他身先士卒,率先投入战斗。

那五个"雇佣军"愣了愣,见没有太大的危险,也拳打脚踢地加入了战斗。

我跑过去踢了几脚,忽然发现园子角落里还开着一片五颜六色的花儿呢,因为紧挨着刺蔷薇篱笆,我在外面竟然没有看见。

于是,我跑过去,再取出一个空瓶子收集"花之泪",一边收集一边想,等会儿得把瓶子分开装,不然,混在一起忘了名

117

字……

"不好，敌人来了！"莫怀玉忽然喊道，吓得我瓶子都掉在了地上，"兄弟们，撤！"

我抬头没有看见灰婆婆，但是，已经听见了她的叫骂，声音像敲击在破锣上，又响亮又难听——估计她在二楼午睡，这个时候正在下楼，身体被遮住了……

"兄弟们"已经猫着腰争先恐后地钻出了刺蔷薇篱笆。我从地上捡起瓶子，刚跑了几步，就望见了园子里的那个压水机——我曾经眼巴巴地望了它好多年，望着灰婆婆像变魔法一样从那里面"吱嘎吱嘎"压出好多水，我想进园子最大的原因还是想试一试这个压水井啊……

灰婆婆此刻估计已经跑到了一楼，正在找她的竹扫帚。再望望近在咫尺的压水井，我奔了过去，伸出胳膊抱住压水井摇杆使劲儿往下按，只听见咣的一声，摇杆被我按下去了，可是，水并没有出来，人却因为用力过猛踉跄过去，差点把额头磕在井台上……

慌忙中一抬头，抱着竹扫帚的灰婆婆已经出现在我的视野里了，我只好放弃向往已久的压水井。刚跑了几步，回头恋恋不舍地望压水井时才发现，刚才这个踉跄，兜里的"花之泪"掉了出来，于是，我又再跑转回去捡"花之泪"……

最后，钻刺蔷薇篱笆的时候，我的裙子又被蔷薇刺挂住了。

四

"莫怀玉，你这个狗东西，还还还……"我一边把裙子从蔷薇的勾刺上摘下来，一边想着该怎样骂他。趁他还没有跑远，还能听得见,"还,还想当将军?!扔下女人就跑……"

灰婆婆已经追到了我的跟前,听我自称"女人",愣了愣,想笑,却又忍住了,蜡黄微黑的脸庞神情怪异。

"还有你的'雇佣兵',"我顾不得理会灰婆婆,只想趁他们还没有逃远——也许,他们会回来救我,"没有一个像男人……男子汉!"

没有用,直到我被灰婆婆坚硬冰冷的手指捏着耳朵,拉到她的那块原本绿油油的刚刚开花的白菜苔地边儿上,她才松了手指。我回头望了望,那群王八蛋都缩了头,没有一个愿意站出来用他自己来换我。

我当时想,谁要是站出来救下我,我就嫁给他,一辈子对他好。可是,没有。

我觉得自己长得挺美的,可是,他们竟然没有一个愿意为我挺身而出。

我一下子蹲在地上哇哇哭着。

哭的时候,我透过捂着脸的指缝,看着眼前的那片白菜苔,已经一片狼藉。灰婆婆的菜种得很好,所以,人们都愿意在经过的时候,停下来看一看,可总是被灰婆婆挥舞着扫帚像驱赶鸟群一样地赶走那些来不及赞叹的人们。

我回过头来泪眼婆婆地去看灰婆婆,她左手提着竹扫帚,站在旁边,仿佛在等我哭完。

说实话,和灰婆婆这么近,甚至是我内心里一种隐秘的期盼。毕竟,我观察了她这么多年,而且坚信她就是那个童话书里的巫婆。于是,我就不哭了,一直泪眼婆婆地望着她。

她又愣了愣，然后一跺脚，又用她坚硬冰冷的手指捏着我的耳朵，像拎一只小鸡一样。我不知道她要怎样处置我——会不会将我带进她的阁楼，然后用她的神奇药水把我变成一只黑猫？

据说巫婆都有一只黑猫，而且，都是用小孩子变过来的。

我不知道做一只猫，会不会更快乐一些，但是至少，不用上学了，不用上培优班了，也不用写作业了。

那段路很短，容不得我做更进一步的猜想。她松开我的手，把她的手指在衣角上擦了擦，像是刚掐死了一只肉青虫一样，然后斜睨了我一眼，左手在井台上抓起了一个破水瓢，哐的一声在一个黑胶桶里舀了一瓢水，然后往压水井活塞口里倒进去，一边倒一边用右手飞快地按压着摇柄。

渐渐地，压水井活塞里的声音起了变化，不再像一个干咳的病人。只听见"咕咕"几声，水上来了，从一个弯弯的生了锈的出水口里一下一下地喷射了出来。

"掉气了，年代久了，胶皮老化了。"灰婆婆说这话的时候，看也不看我。

她压了几下，从井台上下来了，望了我一眼，然后捡起竹扫帚。

我犹豫了一下，也学着她的样子，按压着摇柄，水渐渐地一下一下喷射了出来，我心情好极了。

这本身就是一个魔法啊！

我玩儿得正开心的时候又听见了灰婆婆说话了。

"滚！"

我收敛了刚绽放的笑容，停止了压水，慢慢地向刺蔷薇篱笆墙那个被莫怀玉切开的洞口走去。

"回来!"

我又回来了。

"洗洗!"灰婆婆望着我。我大概是一脸的泥。

灰婆婆摇着压水井的摇柄,我掬起水洗脸的时候吓了一跳,水好冰啊。我像一条在水中活蹦乱跳的鱼,想一直洗下去,头发和裙子都湿了。

我咯咯咯地笑了。

我不敢看灰婆婆,担心她在我看她的时候突然收敛了脸上的笑容。于是,我就一边洗脸一边想象着灰婆婆在怎样笑。

"好了!"

我就朝着刺蔷薇篱笆走去。

"你不是狗,"我愣了愣,当然,我不是,"那就从正门出去。"

灰婆婆扛着那柄也许能够飞天的扫帚,走在前面,替我开了门,我从门口出去了。

她为什么不邀请我去到她的阁楼?是怕我发现她更多的秘密?不过,也好,我从布口袋里取了面小镜子看了看,我还是我,娇艳的花朵,而不是一只黑猫。

长长舒了口气,有些欣慰,又略略失望。

五

后来,我经常在灰婆婆面前晃来晃去的,希望她招呼我走进她那神秘的二楼半阁楼——我发现,她每天晚上临睡前都会在二楼半待很久，她的魔法实验室肯定是在二楼半无疑的。后来又想，不招呼我进二楼半，让我再进去玩一玩压水井也好啊。想一想冰凉的井水，我就神清气爽。

可是，没有。甚至，有一次我大着胆子叫她"灰婆婆"，她也视我如空气——连苍蝇都不是，也不挥舞着扫帚驱赶我——这有时也让我觉得，我还是不一样的，跟她更亲近些，尤其是看到她恶狠狠地驱赶路人的时候。

连开奥迪车的村长都怕她。

时间长了，我就觉得，那次她让我压压水井，甚至压着井水让我洗脸，只是我一厢情愿的一场梦。但是，表哥莫怀玉见了我后露出的躲闪的眼神和讨好的表情告诉我，那场经历是真的。

"在外面做了亏心事儿的臭男人都是这样一副表情。"妈妈新做了美甲，大概她今天打牌赢了钱，心情好，还做了美容。她指着跑远了的莫怀玉继续说："长大了又多一个祸害——跟你爸爸一个样。金枝，你爸爸多久没有回来了？又是吸毒又是赌博，别死外面了……"

我进了自己的房间，把妈妈的唠叨关在了外面。

除了给我很多很多我根本不需要的钱和我穿不完的衣服之外，他们——爸爸妈妈，甚至包括一天一包烟的奶奶，都不知道我需要什么。

我真正需要的是灰婆婆的竹扫帚。在我心烦在我孤单的时候，可以骑着扫帚在城市的夜空飞翔，那样，我也许就能快乐起来了。

并不是没有理由没有机会接近灰婆婆的。

三年级的时候我加入了少先队，大队日要学雷锋做好事，我一下子就想起了奶奶说过的"军属家庭"。于是，我张牙舞爪，左手现实、右手幻想地讲了一个跟灰婆婆相关的故事——她的丈夫是抗美援朝的功臣，儿子是战死老山前线的英雄，这个把一切都献给了祖国的老人，靠种菜为生，过着孤苦伶仃的生活……

中队委郭千芳当场就哭了。最后，我把自己都说信了，也跟着抹眼泪。

就这样，大家拿着抹布，抱着洗洁精，拎着拖把提着扫帚，雄赳赳气昂昂地来到了灰婆婆神秘的阁楼前。

那一刻，我有些紧张，悄悄地躲在了人群的后面。

好在完成了带路任务之后，谁也没有在意我这个刚入队的小丫头。

大队委周小平理直气壮地打门。

过了好久，正在午睡的灰婆婆才开了门，但是人都被堵在门缝处不让进。

"奶奶好！"周小平的普通话真好，不像我，总是一股乡里人的口音，"我们是来学雷锋做好事儿的……"

后面的人一推，哗啦一下，全进去了。

我犹豫了一下，不敢进去，躲在门口。

大家像进了自己的教室一样，直奔主题，准备大干一场，工都分好了。

郭千芳刚要拉住灰婆婆的手，准备慰问完了之后给她老人家唱首歌的，如果老人家觉得不够，跳个舞也行的……可是，这会儿，灰婆婆才真正从午睡中醒过来了，甩了郭千芳的手，终于抓了个自己喜欢的家伙——那柄竹扫帚。

"滚滚滚！"她像是扫地一样用那柄竹扫帚把学雷锋的同学们都扫了出来，然后拍了拍手，关门的时候用眼睛剜了我一眼。

弄巧成拙，我后悔死了。

大队日的活动也不敢参加了。不过，我本来也不觉得有什么好玩儿的，只是再也不敢在灰婆婆面前晃了。于是，我就用自己的零花钱买了个很贵的望远镜。果然，就发现了天大的秘密。而且，秘密果真就在二楼半——灰婆婆的魔法实验室。

阁楼上有幽灵。

有时是一个，有时是两个，有时是三个。

有时，他们还在昏暗的灯光下讲话，可惜我听不清楚。

难怪她不让任何人进入她的阁楼。

不知道市面上有没有类似于"千里耳"那样的高科技产品，只要我把那东西放在耳边，就能听见他们讲什么了。可是我查来查去，只能搜到一些窃听器，而且，还必须要把那玩意儿安放在二楼半的阁楼上——能进去安放窃听器还不如我直接用耳朵听呢……

是哦，为什么我不偷偷地溜进去看个清楚，听个究竟呢……

正这么胡思乱想的时候，爸爸回来了，我都忘记还有个爸爸了，自从他开了那个"皮包公司"之后。

我也不明白什么是"皮包公司"，连莫怀玉都说我爸爸开的是皮包公司，可是也没有见他给我带回个红色的有金色铜拉链的皮包回来……

"在外面躲来躲去还真不好受——快点拆吧，拆了就能把债还上了……"爸爸妈妈在隔壁房间里叽叽喳喳地说话，妨碍了我的思考，但是我已经拿定了主意，要潜入灰婆婆的阁楼，一探究竟。

六

机会就在那个燠热的午后。也是奇怪，这么热，灰婆婆竟然换上了黑棉布短袖，门也忘记插就午睡去了。

我像一只伶俐的猫，偷偷从关着的门里溜了进去。门打开的瞬间，一阵风裹挟着木阁楼陈年已久的气息扑面而来，让手心和额头全是汗水的我打了个寒噤。

一踩上木阁楼的楼梯，就听见了"咯噔"一声响，我赶紧捂着怦怦乱跳的心站住了，鼻子闻到了一股好闻的香味儿。记得每年和妈妈到归元寺拜财神的时候满世界都是这个味道儿。我使劲儿地掐着鼻子，好不容易才忍住了这个差点就打成功了的响亮的喷嚏。

我脱掉凉鞋，抹了一把一脸的汗水，把双手搭在磨得油光发白的木楼梯上，手脚并用，真像猫儿一样爬了上去。

真管用，这样上楼一点儿声音也没有。只是二楼半，就是那个阁楼上的说话声突然停止了。

如果灰婆婆在二楼睡着了，那么在二楼半说话的肯定就是那几个幽灵了——他们是被灰婆婆用魔法囚禁的小孩吗？

没听说复兴村里丢过小孩啊……

爬到二楼的时候，我没敢直起身子，但还是看见了灰婆婆的床，床下有一双看不出原本颜色的塑料拖鞋。

灰婆婆此刻已经睡着了吧?

我继续小心地爬着。爬着爬着,忽然就害怕了起来:不知道幽灵吃不吃小孩,是不是长得特别狰狞?不过,有两个幽灵我大概看到过,虽然不是特别清楚,但也和咱们人长得差不多,好像还是两个男人。

香味儿越来越浓,又忍不住要打喷嚏了,我只好用嘴巴呼吸。

到了那个小阁楼,我直起了身子,发现小手爪黑乎乎的,刚才还用手抹了一把脸呢,估计脸也成了个鬼花脸。这样也好,可以吓一吓幽灵。

我拐进了那个被我观察和猜想了好多年的二楼半,心都快要撞开胸膛跑出来。

两张和真人差不多大小的黑白照片分别摆放在两个矮柜上,前面都放着一个圆磁盘,里面装着的沙已经被厚厚的香灰覆盖,分别插着三炷香,都烧了一半,六道烟柱在午后窗棂里透过的日光下若无其事又心神不宁地缭绕着。

我整个人都泄了气,一屁股坐在地板上,旁边就是一个藤坐垫,但是,我懒得把屁股挪上去。虽然心还怦怦怦地乱跳着,但已经全无惧意,是那种既失望又稍带宽慰,逃过一劫的心跳。

但是,我还是很不自在,总觉得脊背发凉,好像有一双眼睛在盯着我……

我只好自己给自己鼓气,目光逡巡过去就发现房屋角落的一个铜盆子里用井水冰镇着的几根新鲜黄瓜。刚好口渴了,就拎起一根湿淋淋的黄瓜,坐到坐垫上"咯吱咯吱"地吃了起来,冰爽甘甜，美味极了。

边嚼着黄瓜边打量着这两张黑白照片——我竟然把他俩当成了幽灵，真是可笑。

那张年轻人的照片，穿学生装，上衣兜里还插一支英雄牌钢笔，模样比我爸爸年轻多了——这种神情和装束的黑白照片我曾经在一本杂志上看到过，据说20世纪80年代的年轻人都这个样子，土里土气，意气风发。

我把视线转到旁边的那张照片，穿着和电视剧里一样的志愿军军装，还挂着军功章，面庞瘦削，眉毛浓黑……

突然，我的心咯噔了一下，紧缩了起来，嘴巴里的黄瓜也忘记嚼了，"啊"了一声，歪倒在地……

因为，我发现"他"正看着我呢。起初以为小阁楼的光线不好，是我看走了眼，但是，我刚把屁股从坐着的腿上抬起，还没有来得及站起来，就发现那双眼睛里的眼珠子转了一下……

醒来的时候，我是在一楼布满网眼儿的躺椅上，躺椅的篾片被时光和灰婆婆的肉体打磨成油亮的黑红色，那些网眼儿刻在了我挂了口水的半个脸颊上。

"醒了?"灰婆婆递给我一个沾了冰凉井水的新毛巾，说，"擦擦……"

"我这是在哪儿?"我一边擦脸一边电光石火般地运转小脑瓜。想到后来，我打了个寒噤，冷汗直冒。

"来，喝杯酒。"

灰婆婆黝黑的小矮桌上摆了水煮罗汉豆、蒜泥红椒松花蛋拌豆腐、刀拍黄瓜，还有一碟花生米。酒斟好了，两碗。

127

我端起碗来，尝了尝，有股桂花蜜的味儿。

"糯米酒，去年的桂花，"灰婆婆也端起碗来喝了一口说，"又加了今年的樱桃和杨梅……"

这只有巫婆才能酿出的美酒，让我像一朵云一样，晕晕乎乎地在一个燠热的午后从灰婆婆的小阁楼里飘了出来，摇摇晃晃地上了楼，一头倒在了自己的小床上。

我以为是自己做了一个梦，只是不敢也不愿意去跟灰婆婆来求证，那阁楼上是不是住着幽灵。

七

后来，我的话渐渐地多了起来，是在喝了半碗桂花樱桃杨梅米酒之后。当然，主要是我说她听，那已经是四年级了，而且是在那两个布口袋连同所有的瓶瓶罐罐一起锁在衣柜最下面的抽屉之后。

她像一个老树洞，装得下我的任何倾诉。一个小女孩的所有鸡毛蒜皮，甚至我红着脸说出的那个男孩子的名字，她都不动声色地装下了，顶多笑一笑，端起碗来抿一口酒。

哦，那时整个复兴村都陷入了兵荒马乱之中。在村民和拆迁队的对峙中，好几台挖掘机已经从西边撕开了一道口子，烟尘飞扬，流血冲突常有发生。

只有我和灰婆婆静静地坐在木阁楼里饮米酒，吃新鲜的时蔬。

如果学习紧了，我有段时间不去，家门口总会放上一笸箩新鲜蔬菜，有时是豆角，有时是黄瓜。如果实在没有新鲜蔬菜，她也送过自己生的黄豆芽。

"你去陪陪她吧，孤苦伶仃，怪可怜的。"奶奶把笪箩递给我的时候说。

我愉快地下楼去，心里纠正着奶奶的话："其实是她觉得我怪可怜。"

有一天放学，我刚拐进复兴村窄窄的巷子，远远地就发现我们家门口围了好多人。我心里一紧，想起这一天我的心都没有来由地悬着，气短心慌，发生了什么呢？

就在我准备快走几步的时候，灰婆婆突然从一个鸡蛋卷饼的铺子缝里闪了过来，牵起了我的手。

她等我很久了吧？

仍旧是凉凉的硬硬的手，连手指头都湿漉漉的——手心出汗，手指头也出汗吗？

她不允许我回家，拉着我从另外一个巷子里绕了一大圈，绕过了我们家以及家门口那一堆看热闹的人，然后，进了木阁楼，闩了门，背靠着门板长长地出了一口气。

我揉捏着被她抓疼了的手，皱着眉，用眼睛问她。

她张了张嘴，刚想说什么，就听见120救护车鸣着笛呼啸而过……

我冲向门外的时候被她一把死死地抱在怀里，灰土布的棉褂子贴在我流了眼泪的脸上。我仰起头哭着喊道："告诉我，是谁？"

"你爸爸。"

"不，我要去看他……"

129

"他从八楼跳下，脸朝下，当场就没有气了……"灰婆婆用她冰凉的大手一下一下地抚摸着我的头发，说，"我跟你奶奶和妈妈都说了，你待在我这儿，最好不过。"

我想起了鲜血，全身战栗，手也抖了起来，不敢再说去看爸爸了，扭过头，就发现灰婆婆的小桌已经摆好了酒菜。

我像沙漠里走了好久的行人，抓起碗来，"咕咚咕咚"就喝完了，然后，晃晃悠悠地坐下。

"慢慢喝，"灰婆婆给我再次满上，"想哭就哭吧……"

我撇了撇嘴，没有哭出来。

那段时间，我就一直住在灰婆婆家二楼的另外一个房间，那是她儿子的房间，收拾得干干净净。这个两层半的木阁楼是她那退伍军人的老伴去世前盖的，他们的儿子没有住过一天，细心的灰婆婆把她儿子的照片也全取走了。

我有无数次去到二楼半那个神秘的小阁楼的机会，却一直不肯去。

后来，是灰婆婆实在忍不住了，拉我上去的。

因为，所有的理赔都办妥了，我要和妈妈还有奶奶搬到一个高档社区的新家了——村民们说："苏思新这一跳，值！不光扯平了所有的债，还多得了几套房子……"

八

上楼的时候，我的心又怦怦怦地跳了起来，忍不住牵起了灰婆婆的手。

进了二楼半的阁楼，忽然觉得这里好像有了一些新变化：是哦，原来只有一个藤条坐垫的，现在，多了一个；两个坐垫之间还有一个茶盘，上面放着一个铜黄色的壶和两个茶杯，壶嘴还腾腾地冒着热气。

这些东西，是她早添置好了的吧？一直在等我上楼？

我坐在藤条垫子上的时候忍不住去看那个角落，铜盆还在，只是没有黄瓜。现在是秋天，装了一盆来自地下的秋水。

灰婆婆给她生命中的两个男人各上了三炷香之后，我打了一个响亮的喷嚏，接着，又是两个。

把那个午后我忍住的喷嚏都打了，还多加了一个。

"孩子，你来看看，"灰婆婆有点儿不好意思看我，背对着我指着那个穿军装的男人说，"你看看，看出什么门道了吗？"

其实，当我看到地上的坐垫时就知道，那个午后的经历是真的，不是梦，可是，这个照片真有什么地方不对劲儿……

"眼睛！"当我看到那空洞洞的眼睛时，心里吃了一惊。

"就是！那天儿子生日，我多喝了几碗米酒，发现死老头子一直神气活现地看着我，看得我心里发毛，就骂他。"灰婆婆牵我坐到垫子上，替我斟上茶说，"明前茶，香。他看得我心里发毛，我就拿儿子的美工刀剜了他的眼……"

虽然明知道她剜的是照片，我心里还是忍不住发怵，赶紧吞了一口茶。

"谁让他有眼无珠。儿子想考美术学院，非逼着他去参军，说要建功立业……"灰婆婆孩子气地笑了笑，也喝了一口茶，还不解恨，补充了一句，"活该！"

我也想笑，但是，没能笑出来。

"那天吓着你了吧?"灰婆婆不好意思地说,"你来的时候,我正跟他们爷儿俩唠叨呢——一个人闷得慌,就瞎讲呗,他们不讲,有时我也替他们讲几句。那天你来,我还以为进贼了,这个小阁楼,没地方躲,只好躲在老头子的背后,又想看看到底来的是什么贼,就把眼睛贴了过去……"

我突然一口茶喷了出去,笑得咳嗽了起来。

灰婆婆一边轻轻地拍着我的背一边也陪着我不好意思地笑。

那天,茶都没法喝了,我好不容易忍住了笑。可是,看见对方了,又忍不住笑起来了。

阁楼上的幽灵之谜就这样解开了,我走的时候一身轻松。

最后一次看见灰婆婆的家,是在一个摄影杂志上,高楼大厦围着的一大片废墟中间,一栋两层半的小阁楼,比我还要高的刺蔷薇篱笆开满了花儿。

是一个获奖作品。我在那张大幅照片上找了找,隐约可以看见篱笆里青幽幽的菜地和压水井,但看不见园子里最不起眼的角落里的那丛花儿。

我想起了我那装了"花之泪"的小瓶子,不知道时光流转,那些小瓶子里的水是否真的能够调试出神奇的魔法药水。

我常常想起灰婆婆的那句话。她说,自从那天躲在她老头子的照片背后,把眼睛凑过去看世界,她就觉得世界全变了,和先前不一样了,有了一种恍然大悟的豁达。所以,她说,要谢谢我。

其实,我要谢谢她,再也没有喝过那么美妙的桂花樱桃杨梅米酒了,那种只有巫婆才能调出来的美酒。

怀念一只鸟

最近我老想起它来，老是很深情地跟别人讲述有关它生前的一些故事，一直讲到它的死，然后就恍然地浸入绵绵的伤痛之中。有时我就问自己，为什么最近老是想起它来？仔细一想才发现并不是最近才这样，而是从来都没有停止过对它的怀念。比如说我听见鸟鸣，我会想起它；我看见鸟飞，我会想起它；看见草地上踱步的八哥，我就几乎都会忍不住要喊它的名字。我一直遗憾当时自己为什么没有给它取个名字，而是就叫它"八哥"。每当我这样呼喊它的时候，它都会歪着脑袋，睁着圆圆黑黑的眼睛猜度着我的心思。每当我闭上眼睛的时候，我都会想起它的样子。我知道，它虽然走了，但从来没有停止过对我的呼喊。在另一个世界，它肯定也在怀念着我，就像我怀念着它一样，而且，从来都不曾停止过。

一

过去的事情，好多我都忘记了。但是我记得那是我读小学四年级的一个暑假，1989年的某一天。我和表弟海军、海涛、狗娃、钱昆一起坐在高大的楸树下面，仰着头望着楸树伸向蓝天里茂盛的枝丫。枝丫的尖上有一个鸟巢，奶奶说那是八哥的家。我们可以看见八哥妈妈半是喜悦半是忧虑地在枝丫间飞来飞去，显得有些无所事事，因为八哥马上就要出巢了，它们都长大了。后来读到一个诗人的诗说，盼望着果实成熟，成熟了又怕落下来，喜忧参半的是母亲的情怀。当时我们没有这样细腻的情感去猜度一只鸟妈妈的心情，只是担心那些鸟儿再大些，我们盼了一个月的鸟儿可能都飞了。慈祥如奶奶那样的人也认为几只小鸟成为孩子们的玩物没有什么不可以的。没有人想到要对那几只年幼的鸟儿的生命负责，也没有人想那只含辛茹苦的鸟妈妈的心情。

计划也许是从八哥妈妈衔枝搭巢的时候开始的。直到后来，我们逐渐可以从鸟巢的边缘看见一圈嫩黄的嘴巴，寂静时刻听到小鸟的啾鸣声，再到我们面红耳赤地争论小鸟的数目和如何瓜分这些小鸟……争论在我们三家的五个表兄弟之间展开。对于小鸟长大的盼望和期待成了我们这个暑假最主要的娱乐。除此之外，我们就是在山坡上放牛，但那是我们的工作而不是娱乐。

表弟海军说，再不抓它们就要飞走了。我们谁都相信它们随时都有可能会飞走，因为我们经常看见它们在枝丫上神情紧张地散步，或者从这个树枝飞往那个树枝做短程飞翔训练。而且，随着它们户外活动频次的增加，连读学前班的最小的表弟钱昆都数清了一共五只鸟。在他数清楚鸟的数目那天他很高兴，因为他也可以分得一只。分得一只有生命的鸟作为自己的玩具，而不是一把木头枪。

表弟海军说，再不抓它们真的就要飞走了。于是他把鞋子脱了，开始爬树，爬那棵他根本没法抱住的树。我蹲着费了很大的劲儿站了起来，踩在我肩膀上的海军开始凭借他自己的力气攀爬了。我也和其他表弟一起看他爬树，树上的一些皮屑纷纷在阳光里下落，各自拖着各自的金线，纷纷扬扬。我们看得清楚阳光里海军脸庞上金茸茸的汗毛。再高些的时候我们就看见楸树的枝丫不是挡了他的胳膊就是遮了他的腿，我们开始一会儿看海军一会儿看鸟巢。鸟巢里的那些幼鸟大概都玩累了，它们一起把脖子搁在巢沿上，望着我们或者海军，对我们的行为表示不解并且为此议论纷纷。它们不知道灾祸正一步一步地向它们逼近，对此毫无知觉。它们要么愚昧至极要么无邪至极，它们眼睁睁地看着即将带给它们灾难的人一步步逼近却无动于衷。它们看了会儿我们，看了会儿彼此，它们又开始了议论、啾鸣或者梳理羽毛。

它们看不到灾难。

它们的妈妈不在家。

也许树太高，也许海军爬得太慢，也许我们太没有耐心，我们暂时忘记了那些即将到手的鸟儿，玩起了游戏，直到悲怆的鸟鸣把我们唤醒。大鸟回来了。大鸟在海军的头顶盘旋哀鸣，在枝丫间扑打翻飞，鸟的羽毛和细小的枝叶在阳光下纷纷扬扬地飘落着，飘落进我们的眼睛里，飘落进海军的眼睛里。我们都揉着眼睛流着泪，听着大鸟瘆人的鸣叫。

当大鸟向海军扑来的时候，海军死死地抱着树枝不松手。我们一起在纷纷扬扬萧萧落木和鸟羽之中睁圆着我们的眼睛，我们奇怪就算是大鸟其实也只比我们的拳头大些，它哪里来的这么大的勇气来攻击海军？来攻击人类？也许在它的孩子面前它忘记了其实自己也是弱小的。那样凶狠的攻击让我感受到了恐惧，感受到了大鸟的力量和勇气。我让海军下来。但是他仰头看了看近在咫尺的鸟巢摇了摇头。

大鸟的哀鸣和攻击带来的灵魂上的震颤瞬间即逝，这很快被男孩子们想象成一场战争，我们在夕阳下挥舞着拳头替掠夺者加油。

当海军的手伸向鸟巢的那一刹那，悲鸣着的大鸟在高大的楸树树冠上盘旋了几周之后飞走了。这个哀伤的母亲彻底绝望了，它没有勇气眼睁睁地看着掠夺者的手伸向无助的孩子。它无声地飞走了，连一声悲鸣都没有，它也许落了泪，但风把泪水带走了，我们看不见。我看着它向着太阳的方向飞去，从一个黑点变成一个金点，然后金点一点儿一点儿地融化在夕阳里。我一直盯着它看，直到疲累的眼睛里充盈着泪水，泪水里映衬着落日的余脉，落日的余脉随同泪水一起滚落下去，永不复返。

海军的手伸向鸟巢的那一刹那，一只鸟儿飞了起来，画了一道长长的抛物线，落在了远处的稻田里。海军用手提起了另外几只惊恐万分吱吱乱叫的小鸟，很兴奋地扬起手来举起那些鸟儿给我们看他的战利品。他捏着有的鸟儿的腿有的鸟儿的翅膀有的鸟儿的脑袋，总之像是拎着一嘟噜葡萄。就在这个时候，一只鸟儿没有任何预兆地垂直落了下来，"咚！"的一声闷响砸在地上。虽然没有一丝血迹，但它微闭双眼一动不动。

我们赶紧找到了奶奶的葫芦瓢，用瓢把这只鸟儿扣在了地上，然后"咚！咚！咚！"地敲起了葫芦瓢，并且学着奶奶边敲边唱："醒醒，醒醒，快醒醒，快醒醒！⋯⋯"我们敲了很长时间,甚至让奶奶亲自出来敲,那只落地的小鸟始终没能醒来。我后来才想起来,它是有翅膀的啊,为什么在它下落的那一刻它没有飞起来呢?也许它除了恐惧之外,便没有任何意识,直到落地的那一刻,它都忘记了自己是一只鸟儿,是可以飞翔的鸟儿。又或许,它还不曾学会飞翔就跌死了。

那么为什么那一只鸟儿就飞了出去呢,而且是向着那片稻田?在那块稻田里,它可以很安全地着陆,这是它设计好的逃生路线吗?

我们见唤醒这只鸟没有太大的希望,就一起走进了已经没有了水快要收割的稻田,低沉的稻穗不停地划痛我们的脸庞还有眼睛。我们来来回回地找了许多趟,都没有找到那只提前起飞的小鸟。我至今都在想,它逃跑了是不是就获得了生命呢?它活着吗?那一晚它是怎样度过的?它找到了自己的母亲吗?……

夜幕一点儿一点儿地侵蚀了万物,让万物逐渐都变得模糊。就像时间渐渐模糊我的记忆一样。我忘记了海军当时拎着余下的三只鸟儿是怎样下来的了,因为如果一只手用来拎鸟儿,那么就只剩下一只手了,这样下树有很大的难度,他是怎样办到的呢?三只鸟儿虽然都不是很大,但是用一只手来拿仍然很困难,更何况它们都活着,彼此挣扎,那么,海军是分三次送下树来还是一次?还有,那三只鸟儿一点儿伤都没有,他是怎样一边下树一边保护好小鸟的呢?……我只是记得,后来我们五个表兄弟把鸟儿分了,海军和他的弟弟海涛分得了一只,狗娃和他的弟弟钱昆分得了一只,我分得了一只。好像在沉沉的暮色里,我们都发誓要对自己的鸟儿负责,喂养好它们,并且我们都争着许愿:"我的

137

鸟儿将来肯定会说话!"

二

我忘记了那天晚上我把那只属于我的鸟儿安放在何处,也忘记了它是如何度过漫漫长夜的,只记得在清晨的时候,睡梦中的我忽然记起自己有了一只八哥,乍然醒来,之后就捏着奶奶洗干净的洗衣粉塑料袋到田野里去抓蚂蚱。

茂盛的青草和棉花苗有我的腰这么高,露水打湿了我的裤子,在旭日东升的时候我带回家了大半袋蚂蚱。

我发现我的八哥被奶奶装进了一个铁丝篓子做成的笼子里,笼子挂在院子中央晾衣服的铁丝上,地上一片黑白相间的羽毛。我不知道八哥的视线在哪里,是在下面那些杂乱的羽毛上,还是在上面宽广的天空里?或者它只是由于恐惧而紧闭双眼?我发脾气埋怨奶奶不该剪掉八哥那已经丰满的羽毛。但是奶奶说:"那样的话它总有机会飞离了你。"我觉得奶奶的话有道理,所以就小心翼翼地把八哥从笼子里捧出来,喂它那些刚抓来的蚂蚱。

八哥瑟缩在我的手心里,像颗怦怦跳动着的小心脏。它双目紧闭,任凭我威逼劝诱,始终不肯张开嘴巴吃我逮回来的蚂蚱。没办法,我只好先吃早饭,吃完饭后再喂它,但它仍然拒绝进食。

奶奶过来把八哥放在自己的膝盖头上,用她那龟裂的手掌抚摸着八哥的羽毛,跟它说一些安慰的话,就像她平时对鸡呀、猫呀讲话那样。然后奶奶就用拇指和食指很轻巧地捏开了八哥的嘴巴,我把细长的蚂蚱的身子塞进了它的口腔。八哥于是费劲地向天扬起它的脖子,脖子上的羽毛不停地抖动,我似乎可以看见那块蚂蚱肉缓缓地滑进了它瘪瘪的胃中。这样喂了近半个小时,八哥就不再积极地进食了,而是把塞进去的蚂蚱吐到一边去。奶奶用中指指肚轻轻抚了抚它的肚子说:"吃饱了,给它点水喝。"我便把盛在盒子里给小鸡准备的水给它端来了,八哥喝了两口就不喝了,我怕它没喝够就把它的头按了下去,把它的嘴巴埋在水里,可是它根本不再喝了,而且有些响亮地打了个喷嚏,我和奶奶都笑了。

喂完八哥之后我就去放牛了。放牛的间隙,在山上的那些游戏依然和往常一样在表兄弟及小朋友之间展开,但我往往玩着玩着就走了神,我不知道我的八哥现在过得怎么样。它自己待在笼子里是闭眼美美地睡觉,还是悲痛地怀念它的妈妈和它的那些兄弟姐妹?太阳会晒着它吗?风会吹着它吗?小猫的爪子能伸进笼子里吗?想到这里我的心里一下注满了忧虑,因为我想起小猫那死去的妈妈曾经很成功地抓到过能够自由飞翔的麻雀,那么小猫的一个鱼跃,双爪是否就可以抱紧八哥的笼子呢?这个时候奶奶刚好去了菜园子里……自我劝解和伙伴们的安慰都丝毫说服不了我自己,我从山上飞快地跑了下来,穿过窄窄曲曲的田埂,喘息着,跌打着,奔跑着。

小猫伏在奶奶的脚边,奶奶掐着新鲜的豆角,小鸡啾鸣着争啄豆角里的小青虫。笼子挂在树荫下,八哥缩着脖子眯缝着眼睛,小风吹不着,太阳晒不着。

奶奶抬头说:"怎么,惦念着你的八哥了吧?这孩子,我看着呢,飞不了,看你爱的,只怕是'新盖的茅房三天香'。"

139

我一梗脖子说："我渴着呢，要喝水。"于是跑到厨房拿起瓢来一阵咕咕咚咚，像是愉快的歌唱。我心里想着，我要永远地爱着它，永远！

小学四年级的时候，我不知道永远到底有多远，但是我勇敢地使用了这个词。我想是因为爱，我爱属于我的八哥。我不知道爱需要付出，并且要承担责任，但我已经很自觉地付出，并勇敢地承担着责任。

我每天都咬着牙从睡梦中挣扎着起床，捏着洗衣粉袋，蹚着露水，为八哥抓蚂蚱。蚂蚱其实有好多种，我无法对它们进行分类，有的是绿色并且细长，有的呈麻花状且肥胖，有的黑不溜秋而且会咬人，有的还臂带双刀（后来知道它叫螳螂而不是蚂蚱）……我不管，反正只要八哥吃的，我都逮进我的袋子里，所以我的手指经常被它们的嘴巴咬伤、双刀砍伤、双腿蹬伤。奶奶总是很心疼，让我用热的盐水洗手。

奶奶说，其实八哥什么都吃的。奶奶每天都逼着八哥跟小猫、小鸡一起吃饭，吃那些浇了汤汁的饭，有时还让八哥吃一些没有剥壳的稻谷，八哥有时也吃一些。

有一天，我挣扎着起床的时候却发现外面下着瓢泼大雨，我把妈妈的雨衣穿上，戴着斗笠，准备出去，被奶奶拦住了，那是我第一次没有在清早为八哥抓蚂蚱。那天我也没有去放牛。我一直很担心地把八哥捧在手里，焦急地看着窗外，但雨却没有停下来的意思。

奶奶把八哥从笼子里放了出来，把小鸡也放了出来，然后就在地上撒了一些稻谷、芝麻。没想到我的八哥也颠啊颠地跑去和小鸡一起啄米。我很是惊喜，但很快又很担忧，我问奶奶："这样下去八哥会不会也跟小鸡一样啊？"

奶奶哈哈大笑说："小猫还和小鸡一起吃呢，怎么没见小猫也变成小鸡啊？"

我果然看见小鸡群中竖着一根左右摇摆的猫尾巴。我也哈哈大笑起来，那天因为下雨而来的许多忧愁立即风吹云散了。

八哥渐渐适应了我们家里的生活，并且越来越像一个家禽，它什么都吃，吃饭，吃米，吃青菜叶，吃虫，吃蚂蚱，最爱吃肉。

有一天，我们家里的那头小猪死了，因为猪很小，人没法吃，奶奶就煮了给八哥吃。我端着碗把切好的一片一片的小猪肉喂给八哥，它一片接一片地吃，不肯休息片刻。往常的时候我喂它几口，它总要停下来抬起头扬起脖子叫几声，声调曲折婉转，叫完之后就歪着脑袋睁着圆圆黑黑的眼睛目不转睛地看着我。于是我就用手轻轻地拍拍它的身子，抚抚它的脑袋说唱得真好。我想它这是在歌唱美好的生活啊。可那天它却没有抬起头扬起脖子歌唱美好的生活，尽管那天的生活是最美好的。它像饿极了似的一口接一口地扬脖子吞咽。到最后我发现它仍然想努力地把自己衔起的那片肉吞下去，但是没有成功。它就那样衔着，也不舍得吐出来。我用手指肚抚了抚它的肚子，它的胃肿胀得像个瓷实的小球。我吓得赶紧去叫奶奶，奶奶见它仍然衔着肉也有些乐，但却不无忧虑地说："傻孩子，好吃也不能撑死啊，你看你胀得啊……"奶奶一边说着一边用手抚摸着八哥，奶奶的另一只手从八哥的口里扯出了它衔着的那片肉。奶奶说："傻孩子，都是你的，没谁跟你争，猫不吃肉的，吃不完的都给你留着呢！"

奶奶叹息说："真是'人为财死，鸟为食亡'啊。"

那天我很担心，总是每隔一会儿就去看看八哥，奶奶说只能给它水喝，再不要喂食了。那天它一直目光呆滞羽毛蓬乱地待在笼子里，一动不动。这一天我都在极度的担忧中度过。

第二天它仍然什么都不吃，除了喝一点儿水之外。

第三天它才开始吃食，剩下的肉全给了猫吃了，奶奶再也不许我喂它肉了。

对于肉，我也跟八哥一样馋，然而当时吃肉的机会并不多。但是运气好的时候在瓠子和黄瓜中偶尔也会发现一些肉块，只不过那是去年的腊肉。我往往会在饭里面埋两块，等到吃完饭之后赶紧把肉塞在口里，然后跑到八哥的笼子旁边，一边流着涎一边把口里含着的肉撕成小块来喂八哥。看见八哥吃得那样开心，我一边咽着口水一边呵呵地傻笑。我想奶奶肯定知道我偷偷喂八哥吃肉，但是她从来没有说破，所以她经常把肉夹到我的碗里，看着我吃完才肯收回视线。

现在想来，我是奶奶的八哥。

八哥已经不需要喂食了，只需要把它的食物准备好，它自己便会吃。而且它很喜欢和小鸡、小猫一起争食，所以总看见它和小鸡混在一起，有时又跳上灶台啄食猫碗里的饭菜，或者用爪子把猫碗掀翻。奶奶总是批评它，可是它总叽叽喳喳为自己争辩，从不悔改。

有时我放牛的时候也把它带到山上，并把它放在牛背上。可是它站不稳，总跌落下来，大概是因为它的翅膀被剪了，平衡感很差。

野生的八哥是自由的，它们往往成群地飞来，然后三三两两地散落在牛背上，啄食牛身上的一种寄生虫，那种虫我们当地人叫它"草皮"，"草皮"总是一动不动地附着牛吸血，直到长到蚕豆那么大。每当那些八哥在牛背上跳跃啄食的时候，牛总是停下吃草，微闭双目，一副很享受的样子。八哥们啄食完寄生虫唱两嗓子就飞走了，似乎也很高兴。

我猜想，对于八哥来说，牛身上的"草皮"可能是无上的美味。于是我就想把牛身上的"草皮"摘下来给我的八哥吃，虽然我觉得"草皮"看起来很恶心，但为了我的八哥我还是满身鸡皮疙瘩地摘了许多，八哥也吃了许多。回家的时候奶奶就发现我的胳膊弯上也吸附着一只"草皮"，而且吸了我好多血。妈妈骂我，爹说"你再这样我就把你的鸟弄死"。从此以后我再也不敢在牛身上摘"草皮"了。

总之，我的八哥活了下来，而且很健康，它的被剪的翅膀渐渐地长齐了。

我其他的表弟们养的另外两只八哥不知道什么原因都先后死去了。

三

那些日子我的八哥总是很沉默，那时它刚被我带回家，接着又被塞进一个满是铁丝的笼子里，然后还被剪了翅膀。尽管在笼子里它可以吃饱并且喝到水，甚至它还可以抬头望天，低头看地，但是它却一直沉默，从不开口唱歌。我总守在笼子边吹口哨逗弄它，可是它却微闭双眼，慢慢地挪动脚步，扭转身子，背对着我，让我无可奈何。

抬头望天，却无法在天上飞翔，低头看地，却无法在地下栖息，这是一只鸟的悲哀。何况还被剪了翅膀。一只被剪了翅膀的鸟犹如一个断了手臂的人。我想这大概就是它当时沉默的原因。我表兄弟的那两只八哥可能就在这样的悲沉中默默地死掉了，它们根本不缺少食物和水。

八哥虽然从来不理我的逗弄，但如果有其他的鸟儿飞到院子里来啄食，它却很激动，总在笼子里上下地跳跃着，并且"喳喳"地叫着。这让我很担心，它总有一天会从这笼子里飞离了我，所以我总把笼子的门用铁丝拧得很紧，而且我从来不把它从笼子里放出来，就算偶尔放出来也会双手紧紧地把它捧住。但是有一次我放牛回来，却发现八哥被奶奶从笼子里放了出来，吓得我赶紧满地追赶八哥，八哥则慌忙地逃窜。我现在仍然记得它一边摇摆着奔跑一边回过头来看我时的情形，它圆圆黑黑的眼睛里满是恐惧。由于它的翅膀刚被剪掉，所以跟跟跄跄地没跑多远就被我按住了。因为挣扎和奔跑，它又掉了几片羽毛。当它又瑟缩颤抖在我的双手里时，心疼得我泪水都要流出来了，于是冲着奶奶发脾气，怪她不该把八哥放出来。

奶奶说："你问问它，看它乐意待在笼子里吗。"

我一时哑然，我真的从来没有想到我心爱的八哥的感受，而只是怕失掉了它。

奶奶说："如果它在笼子里闷死了，你还爱谁？"

我愣了愣梗着脖子说："我不管，反正不许你把八哥放出来。"

但是奶奶仍然在我放牛的时候把它放出来,让它在院子里自由地踱步。八哥在这样有限的自由里渐渐地恢复了活力。我也不再和奶奶争执了,事实胜于雄辩。

奶奶说只要真心对它好,它总能感受得到,不管它是一只猫还是一只鸟,哪怕它是一棵菜苗。难怪奶奶总对着猫啊、鸡啊,甚至对着花朵儿讲话呢。尽管如此,我对奶奶的话仍然将信将疑。但是我聪明的八哥似乎的确感受到了我和奶奶的宠爱,因为它总在小鸡、小猫面前趾高气扬,并且总是无故地欺负它们。也许是因为许多次它做了坏事我们都笑着宽容了它,甚至很多时候都偏袒着它。总之,八哥从笼子里面走了出来,它有时一整天都在院子里和小鸡、小猫厮混在一起。

有一天,我正在用手指肚轻轻地抚摸着八哥光滑的羽毛,八哥很享受地微闭着双眼,这时奶奶喊我到屋后面的菜园子里锄草。我犹豫了一下问:"把八哥也带去?"奶奶说:"菜园子里有好多蚂蚱和青虫的,带着当然好——你不怕它飞离了你?"八哥忽然就睁开了眼睛,好像知道我们在议论它,赶紧从地上站起身来,抖擞着羽毛,歪着脑袋一会儿看我,一会儿看奶奶。

奶奶扑哧一笑说:"没关系,它舍不得你的,我们走吧。"

竹叶菜开着蓝紫色的喇叭状的花朵,花蕊上滚动着的露水映着太阳的光芒;豆角顺着竹架子爬得老高;有一个西红柿快成熟了,红红地诱惑着我,我的八哥从黄瓜地跳到韭菜地,欢腾地叽叽喳喳地乱叫,偶尔还扑棱着翅膀飞上几下……我们的心情都像早上初升的太阳,那样敞亮,奶奶脸上盛开着花儿,她笑眯着眼睛说:"多新鲜的豆角啊,我们今天中午就吃豆角吧。看看,多深的草,我们把这些草锄了秋天好种萝卜。""嗯!"我点点头,把最后一块西红柿全部塞进嘴巴里,和奶奶一起锄草。

一边锄草一边听奶奶讲"古话",就是很多又离奇又美丽的故事,这样的故事奶奶多得数不清——我都快十二岁了,她的故事还没有重复的。

"糟糕,八哥呢?"不知道过了多久,我猛然一抬头,眼睛寻找不到八哥。我从菜地跑进红薯地,高高的玉米秆伸着宽阔的剑一样的叶片,把我的胳膊割了好几个口子,我也顾不上了,带着哭腔喊着"八哥!八哥——"

奶奶仍然低着头锄草,一点儿都不着急,不紧不慢地说:"孩子,它跑不了的,别着急。"

"还不急呢,都怪你给我讲什么鬼故事……"

忽然走到河塘的时候我慢下了脚步,轻轻地站住了。因为我看见了我的八哥。它正背对着我站着。只见它先是把嘴巴伸到河水里含了水,然后依次啄着自己的羽毛,试探着把翅膀也伸进了水里。后来它干脆跳进了浅浅的河水里,在里面用翅膀扑棱着,阳光下水花儿四处溅开,每朵水花儿都带着太阳的光芒,它们欢腾着盛开又跌落……

它这样折腾了好一会儿开始耷拉着脑袋、蓬松着羽毛晒太阳,过了一会儿开始用嘴巴一点儿一点儿地理顺羽毛。

我看得入神了,忽然听见奶奶压低了嗓门说:"它在洗澡呢,啧啧,多爱干净啊!"

我这才发现奶奶站在我身旁好久了,我竟然都没有发觉。

这时八哥发现了我们，叽叽喳喳地叫了一通，好像挺不好意思的样子，然后就蓬松着羽毛一下子跳到了我的肩上，啄着我的头发。

奶奶哈哈大笑，说："说不定我们八哥是个女孩子呢，你还偷看人家洗澡……"

我羞得满脸通红，脖子上的青筋像一把豆角："奶奶你瞎说。"

奶奶掩着嘴巴说："奶奶瞎说，奶奶没大没小的，看把你窘的！"

八哥在我的肩上，一会儿扭头看我一会儿扭头看奶奶，圆圆黑黑的眼睛一片茫然，但它似乎也可以感受到快乐，所以很快便叽叽喳喳地叫着，从我的肩上跃起，飞到玉米秆上。玉米棒子垂下红紫色的胡须，在微风中一摇一摇的。

"奶奶，八哥的翅膀又长了起来，它都快会飞了。"

奶奶说："是啊，可是它并没有飞离了你啊。"

尽管如此，我仍然担心有一天它会飞离了我。那时我最着急的就是如何让八哥开口说话，因为我想问它，它会不会有一天飞离了我。

我们很早就听说过八哥会说话的，我曾经仔细地观察过我的八哥，它独处的时候总歪着脑袋，像是在思考问题一样，然后就开始伸了脖子叫出一些非常婉转的调子。这样的调子和一些野生的八哥很像。但它一看见我，就叽叽喳喳不肯唱那些婉转的调子，这可见它会至少两种语言，我那时就这样坚信。既然它会两种语言，那么再多一种为什么不可以呢？

147

有一天奶奶在屋顶上晒煮熟了的红薯片，大概是红薯的香味引来了几只野生的八哥，它们偷偷啄食红薯片。我的八哥看见了它们。它似乎很激动想努力地飞上树去，然后再跳到屋顶上，但是它没有成功，于是它唱出了和野生八哥一样婉转的调子。那些八哥停止了啄食，歪着脑袋看着我的八哥。我的八哥终于跳到了树上，那些野生的八哥便像一阵风一样刮了下来，停在了我的八哥的周围。它们说着一些我听不懂的话。

我躲在门板的后面，用手指一点儿一点儿地抠着门板，指甲都抠断了，但自己一点儿都没有感觉到。我想，完了，我的八哥就此要飞离了我。

我不知道那群八哥里有没有它的妈妈，如果有的话，它还能认得出吗？如果它就这样走了，它还能回来吗？如果它再也不回来了，它会想起我来吗？哪怕只是偶尔想起我来也行啊。我躲在门板的后面一边担惊害怕，一边胡思乱想，一边默默流泪。

喧闹了一阵之后，那群八哥又一阵风一样地刮走了，我的八哥一个人孤零零地挂在树枝上一动也不动，它沉默了好久才从树上跳下来，一头钻进小鸡群里，一下蹚翻了给小鸡喂水的盒子，然后又跳过去啄正在晒太阳的小猫的尾巴。

我抹了把眼泪，扑哧一声笑了起来，然后又满是担忧地望着小鸡群里趾高气扬的八哥。我喊了声八哥，它便从鸡群里扑棱着翅膀飞了起来，落在我的脚下，我用手轻轻地抚摸着它的羽毛，它微闭着双眼。

"你会飞离了我吗？"

八哥像睡着了，蹲在我的掌下一动不动。

"我知道，你的翅膀还没有完全长齐全，等你的翅膀长齐全了，你是不是就要飞离了我？你们刚才是不是已经约定好了，等到那个时候它们再来接你？"

八哥真的睡着了，我轻轻地挪开了手掌，它仍然伏在地上，闭着双眼。

我站起身来，断了指甲的手指钻心地疼着，我咬着牙说："我一定要让你开口讲话。"

八哥像是忽然惊醒，它扬着小脑袋疑惑地望着我。

我跟村子里好多人打听："怎样才能让八哥开口说话？"

海军说他的表叔告诉他，每天喂它人的唾液，它就能说话了。我问村里的大人，他们有的也这么说。

于是我每天都嘴对嘴地喂它唾液，可是好几个星期，它仍然不会说话。

有一天城里的小舅爷来了，奶奶说他可是知道怎样才能让鸟开口说话的人，因为他养过八哥。我心中一阵狂喜，小舅爷的果糖含在嘴里竟然不知道滋味。于是抱着小舅爷的胳膊央求着他一定要让我的八哥开口讲话。果然，好像小舅爷的确很懂，他绕着我的八哥转了两圈说："你的这只八哥养得不错，羽毛油光水滑。"他对我的奶奶说，"姐，去拿把小剪刀。"

我一下子紧张了起来："要小剪刀做什么，不许剪羽毛！"

小舅爷没有搭理我，而是伸手捏开了八哥的嘴巴，并把八哥抬起来迎着光看它的舌头。

"让我试试，没准还真能让它说话呢。"

八哥在小舅爷的手里挣扎着，有几片羽毛慢慢地飘落了下来。

小舅爷说:"想让八哥讲话啊,必须得修剪它的舌头。"他从奶奶手里接过小剪刀,说:"拿火来烧一烧。"

"拿火烧什么?"

"烧剪刀啊,这是消毒,不然八哥伤口发炎不死了?"

我终于明白了,小舅爷要拿剪刀修剪八哥的舌头!我突然大哭起来,于是小舅爷什么也没剪成。我紧紧地抱着我的八哥,谁都不许再动它一片羽毛。

奶奶说:"比剪他舌头还要厉害呢。"

"就是,我宁可剪我舌头我都不许你剪它的舌头!"

忽然,我豁然开朗,为什么我不学八哥的语言呢?如果我学会了八哥的语言不是也可以问它了吗?

我问小舅爷:"你会把人的舌头剪成八哥的舌头吗?"

奶奶和小舅爷一起笑了,说:"不会。"

有一天我真的就像八哥那样,一开口就唱出了婉转的调子,我问八哥:"你会飞离了我吗?"

它说会。

我问为什么。

它说天空太美了。

"那我怎么办?"

"你也飞啊!"

于是我和我的八哥一起飞了起来,可是飞着飞着我扭头一看,我的背上光光的,根本没有翅膀,所以就一下子惊醒了。

除了在梦里,我从来都没有学会讲八哥的语言,因为根本无从学起，大概我的八哥和我一样，它也许未尝不想学人语，但是同样也无从学起。

其实语言根本就不是障碍。

很多时候它都飞到外面，也许它已经结识了许多鸟儿，但是我不知道，也许它跟我说起过它的那些朋友，但是我没有听懂。总之，它经常飞到野外，自己啄食蚂蚱或者其他它认为可以吃的东西。但是每天我们吃饭的时候，谁也没有喊过它，它都能准时地飞回家来，从大门口滑进来，再掠过我们的头顶钻进厨房，直接落在了奶奶的灶台上。那上面有它的碗，碗里盛着和我们一样的饭菜。但它往往啄食几口就跳到旁边猫碗里，啄几口之后用脚把碗蹬翻，再叽叽喳喳叫几声落在我的肩膀上，然后忽然就低下头来在我的碗里猛啄一阵。奶奶说这多不卫生，便伸手去打它，它一下就跃上了屋梁上，站在那里叽叽喳喳不知道说什么，好像在为自己分辩。它说完之后往往还会俯冲下来叼走桌子上一两片菜，或者蹬翻一两碗菜。这时大家都会一起伸手打它，但从来没有谁得手过。大家就这样哈哈大笑地吃饭，没有谁真正地记恨它蹬翻了菜碟或啄食了谁碗里的饭，因为它已经是我们家里的一位成员，只是它用餐的方式和大家不一样，但往往是这不一样的用餐方式给我们的家里带来了那么多的笑声，而且这笑声往往也助长了八哥的胆量和智慧，经常它都会在我们的笑声里有出人意料的举动。

它可以感觉到我们的心情，如果我们很开心，它也会很放纵，如果爹妈吵过架或者很累，它也很收敛，很少不合时宜地闹。甚至它能分辨出你是真生气还是假生气，很多时候它跟你闹腾只是想要你用手抚摸它。我的八哥的翅膀完全长齐了,伸展开来有我的两个手掌那么大,我经常看见它在清晨的阳光下拍打着空气掠过我家里的屋脊,向深邃的蓝天飞去。我始终无法问它,它是否会飞离了我,它也从来没有回答过我。但它总会回来,无论它离开家多远,它总能在黄昏时分回到家里。

四

这样漫长的暑假也有穷尽的时候,我要去上学了。跟奶奶千叮咛万嘱咐之后才到了学校,我开始读五年级了。五年级新来了个班主任,他任命我当班长。

放学后我急匆匆地往家里跑,我要把这个好消息告诉我的八哥。我兴奋地对八哥说了好久,它都那样懵懂不解,八哥也叽叽喳喳跟我说了好多,我也同样莫名其妙。但是在相互倾诉之后我们都很开心,它从我的肩上跃起又落下,它用嘴巴啄我的头发,啄我的指头,我用手轻轻地抚摸着它的光滑的羽毛,把书包里装的蚂蚱拿给它吃,那是我在放学的路上逮的。看着它狼吞虎咽就很开心,我忽然很慎重地对它说:"为了你,我一定要好好学习!"我不知道我学习好坏跟我的八哥有什么关系,但在当时,我觉得这是我能做出的非常郑重的承诺。

看电视里解放军发起进攻的时候,会把手指放在嘴巴里吹响了很嘹亮的口哨,于是我们几个小伙伴就也把手指伸到嘴巴里吹,没想到我反复琢磨竟然吹响了,所以每次放学离家还有一里远的时候我就开始吹口哨。这个时候我的八哥就会一直飞向我,落在我的肩膀上,或者在我前面不远的地方边飞边回头望着我,

152

对我叽叽喳喳地叫着。我把在学校里发生的每件事情都告诉了它，我想它肯定也把它经历的所有的事情都告诉了我。

有一天中午放学回家，在路上我总觉得很不安，忽然就想到了八哥。我便一路飞奔，边奔跑边吹口哨，希望八哥听见我的哨音之后飞来，落在我的肩头，以它的出现来抚慰我心中的不安，但是没有。我撞开房门，奶奶说："它一早出去了啊，我刚从菜园子里回来……"

我在野外边奔走边呼号，忽然我看见了一群孩子围在高高密密的麻地旁边，不知道在干什么。我走过去一看，一个男孩的手里正捏着我的八哥，我恼火极了，厉声吼道："放开我的八哥！"他放开了我的八哥，但八哥却动了一下，歪倒在地上耷拉着翅膀扑棱着——它的翅膀受伤了。我的血一下子全涌到了脸上，飞起一脚便踢了过去。于是一大群孩子四下散开，到处逃窜。原来，在这片亚麻地里夹缝中生长着许多青草，是那种"蓬生麻中，不扶自直"的青草，里面有很多蚂蚱，所以我的八哥就在里面寻找四处飞逃的蚂蚱，也寻找属于它的生命乐趣，同样也有一群童年里的孩子在麻中捉迷藏，寻找属于他们童年的快乐。但是彼此的遭遇却让他们童年的快乐变成了对我的八哥的扑捉。

奶奶把云南白药涂在八哥的翅下，八哥又瑟缩在我的手掌里了。我捧着它，像是捧着我的一颗心。我说："他们追赶你你就跑啊！你要学会辨别什么是危险，什么是安全，并不是所有的人都值得信赖，你知道吗？"八哥垂头丧气的，眼睛微闭着蹲在我的掌心，一动不动。

我不知道该怎样告诉它什么是危险，什么是安全，我不知道我该怎样做它才可以"长大成鸟"。

但是我的八哥才不理我的担忧，它很快就痊愈了，很快又能拍打着翅膀高翔。它照例调皮地蹬翻猫碗的饭，照例啄食我们餐桌上的菜，它照例在每个清晨婉转地歌唱，照例在每个黄昏栖落在我的肩头，它照例在我们的笑声里发表自己的意见，照例在我们的轰打中敏捷逃窜。它略收双翼，箭一样掠过我们的头顶，在风中停住然后对我们鸣唱，我们每个人都仰望，都欢笑，然后它稍微舒展双翼便美丽地滑向白云深处。

我以为可以这样天长地久。

我忘记了那天晚上的许多事情，并且许多年来我都不愿意去回忆。也许是我主动想忘记，以免自己经常伤痛，也许是我害怕因为回忆再次经历痛苦，所以这么多年来我从来都不愿意去回忆，但是往往是想忘却反而更清晰，不回忆又怎能不回忆？

深秋的风让人瑟瑟发抖，树上总有叶子不断地飘落下来。白天变得短了，我放学回到家里的时候，天已经灰蒙蒙地正滑向夜的黑暗。我吹了口哨喊了八哥都没有回应，我边放书包边喊奶奶。

我从来没有见奶奶这么严肃过，奶奶说："孩子，八哥可能'丢'了。"

我一梗脖子说："不可能！——八哥，你给我出来……"

"你看，"奶奶从自己的衣兜里掏出几根黑白相间的羽毛说，"这是我在台阶上捡到的，台阶上还有血……"

我随奶奶到了台阶上，果然台阶上有干涸的血迹，我一下子蹲在了地上，双手抱头号哭了起来。

奶奶在瑟瑟的秋风中,手里紧攥着那几片羽毛,怜爱地看着她的孙子。

我霍地站起身来说:"我不相信!谁说这就一定是我的八哥的血!我要去找它,它肯定还活着,只是它忘记了回家……"

那天晚上,我能想到的每一个角落,无论多远,无论多让我感到害怕,我都在暗暗的黑夜里一一走到了,在那些地方找寻我的已经不复存在的八哥。

我始终抱有幻想,希望奇迹出现,希望能够找到我的八哥。

我去的每一个地方奶奶都陪我去了,丝毫不劝阻我,尽管她知道去的每一个地方都没有八哥的存在,它早已经死掉了。

我一直责怪奶奶,奶奶一直都不辩解,而且奶奶还对我说"对不起"。现在想起奶奶的道歉,我都忍不住潸然泪下,因为在我们农村自己人之间从来不会说"对不起"的。每每想到这些,我的心中往往加深了伤痛,后悔自己当年不懂事。现在多想跟奶奶道歉啊,但永远没有这样的机会了,于是伤痛更进一寸。

我的八哥会飞了,但八哥却不在了。奶奶的八哥会飞了,奶奶不在了。

乔老爷上轿

一

据说，我第一次唱戏就是唱的《乔老爷上轿》。

那时，我们的村子只住着几户人家，前后都是山，生着密密的松林。秋天的时候，松针落了一地，挂在衰黄的草地上，踩在上面软绵绵的。母亲带着两个姐姐还有我，用一种有十二根铁齿儿的耙子把松针从草丛里耙起，聚拢起来，然后装了筐，用扁担挑回家，是很好的烧柴。

我常常冲进姐姐们堆了一堆的松针里面打滚，把她们好不容易收集起来的松针扒拉得满地都是，姐姐笑骂着，举着十二根铁齿儿的耙子要打我，我就爬到了松树上了。

风吹过来，满头大汗的我觉得清爽极了，张口就唱戏。据说唱的就是《乔老爷上轿》。我唱得手舞足蹈，得意忘了形，然后就从高高的松树上失足跌了下来。但是，在下落的过程中被松枝挂住了开裆裤，悬在空中惊慌失措地哭……

那应该是我四五岁的时候吧，这么大了还穿开裆裤，真是难为情，而且还被挂着哭。但是前一分钟还在手舞足蹈地搞才艺表演……

　　我想，我是不会唱戏的，顶多就是爬到松树上，人站得高了，就觉得自己境界开阔了，就像一只鸟儿一样，忍不住要啼鸣，也许只是放着嗓子喊叫。

　　松针燃烧的时候发出"毕毕剥剥"的声音，有很好闻的松香味儿，偶尔还有一种特别的啸声，奶奶说那是火在笑。奶奶这么讲，我看着飘摇的火苗舔着漆黑的锅底，也觉得火是有生命的。

　　因为，它们不停地在动，直到最后变成灰烬。

　　就问奶奶："这是真的吗？"

　　奶奶把"咔嚓咔嚓"搅了好久的鸡蛋汁倒进油锅里，"吱啦"一声响，不用去看，鸡蛋一定在油锅里焦黄地鼓胀了起来。因为，我看见脚边卧着的小黄狗湿润的黑鼻头不停地耸动，并且站了起来，弓着身伸了一个长长的懒腰，跃跃欲试地，恨不得狗胆包天把一双狗爪子搭在灶台上看个究竟，粉红色的狗舌头舔个不停，狗尾巴也摇得比平时见到我还要欢。

　　我也像小黑狗一样，不停地耸动着鼻翼，贪婪地把每一丝香味都吸进肺里，小嘴巴里汪了一口腔湿津津的口水。

　　"奶奶，这是真的吗？"

　　"小爷，少给点松针，"奶奶提着锅铲忙乎着，"都快煳了！"

　　我赶紧提起火钳，压在那些势头正旺地燃烧着的松针上。

　　姐姐在一边笑，就又把我唱戏的时候被挂在高高的松树上的情形再叙述一遍，可见母亲并没有骗我。

　　在姐姐的叙述中，我看见了一个熟悉而又陌生的自己。四五岁的样子，穿着开裆裤，挂在松枝上，双手乱抓，双腿瞎蹬，哭喊嚷叫，鼻涕眼泪，稀里哗啦。我觉得好笑，又觉得有点儿难为情。

甚至过了几十年，我仍然能够看见几十年前时光中的自己，可笑可叹。

二

因为襄阳与河南相邻，所以，经常会有河南人到村子里唱戏。唱完戏的第二天早上，村长和会计提着两个蛇皮袋子挨家挨户地串门收"戏票"，看了戏的每家每户都从自己家的米缸里舀出一碗米，没有米的给红薯也可以，但是，奶奶总是找最大的碗端过去一碗堆着小山尖儿的白米。

往往从村头走到村尾，两个蛇皮袋子都差不多满了，一个装着红薯，红薯里偶尔也混杂着一些土豆芋头之类的；另外一个袋子装着白米——这个袋子经常是装不满的，可见，那时，虽然大家一年到头地在土里寻食，但是，作为农民，很多时候也是没有米面的。

那些唱过一夜戏的河南人，在村头路边的松林里，搭了棚子，唱完戏后就在棚子里过夜。总有一些欢快奔跑的小孩，甚至，偶尔还会有鸡飞狗跳。这少则六七人、多则十几人的草台戏班子，因为这两蛇皮袋的吃食，个个都有了过节时候的笑容。

有时，我就坐在院子前的青石碾子上，晃荡着两根小细腿，抱着洋瓷碗吃玉米糊糊——奶奶把好米给了戏班子，她就得想办法再把这好米给省出来。经过饥馑灾年的奶奶，在这方面特别有心得。

我望着那些在松林里起了炊烟的棚子，和隐约可见的奔跑中的小孩，总疑心他们来自另外一个世界，或者是另外一个时代。因为在昨天晚上，我还看见他们穿着戏装，唱着才子佳人或者包公断案，有时，甚至还能把人拉下去"斩"了……

我很想接近他们，但是，又很害怕他们把我也"拉下去斩了"……他们有银色的刀，一刀刺过去，插入了腋下，然后，就有两个人抬着他的胳膊，把他拖到了后台。

我不知道，他们把这个被"斩"掉的人埋到哪儿了。有时，一个人待着的时候也会替这样的草台班子担心，因为"斩"一个人就少一个人，他们将来还怎样演戏？

可是，他们该"斩"人的时候，还是铁面无私地"斩"了，而且，每每这个时候，围着看戏的父母、姑爹姨父们，甚至包括奶奶，他们都叫好。

他们曾经都这样善良——不能理解。

往往这个时候，我上面的牙齿和下面的牙齿就"咔咔嚓嚓"地打起了架来，浑身颤抖，像奶奶用筛子筛糠一样，抖个不停。

有一次，表哥说，他看见那个被杀掉的人还冲着他挤了挤眼睛，并没有死。

我想，也许他是想安慰我，可是，我知道后就更害怕了。单是想一想就很可怕，一个涂了油彩的大花脸，被杀了，腋下夹着刀，死都死了，还冲着你挤一挤眼睛……我每次睡觉的时候都禁止自己去想这样的画面，虽然，我没有看到，但是在表哥的描述中，我还是看到了，这样生动。屡禁不止之后，我就恨自己，也恨表哥，很久不和他讲话。直到有一天，我自己都忘记了睡觉的时候要禁止自己去想这样的画面,就沉沉地香香地睡着了。

第二天,我忽然想起来戏班子很久都没有来了。想到这里,我心里既欢喜,又惆怅。

我本来还想望着松林里搭着棚子的人们,还想知道他们更多神秘的生活,但是,经常被张村长哼着的小调打断了思路。

张村长唱戏,有时扭妮作态咿咿呀呀像个女人,有时勇武果断慷慨悲歌像个爷们儿,他是我看到的唯一一个不穿戏装唱戏的人——往往,那些穿戏装唱戏的唱到最后,没有唱的了,大家就喊:"张村长,来一个!"

张村长仿佛是一泡尿憋了好久,就等着人们喊他上厕所。

可是,他还是一边推辞一边往戏台上走,既紧张又兴奋,那样子,我到现在还记得。因为我喜欢听他唱戏,他唱戏,不穿戏装,也不"斩"人。

大家说一说昨晚的戏文,然后村长哼着小调跑下一家,下一家就是姑父家。那时小姑刚嫁过去,我记得小姑结婚的时候,摆了一张桌子,桌子上有花生、油果什么的好吃的。我想去,但是母亲不让。等我可以去的时候,那桌子上的四个盘子都空了。然后,姑父就把小姑背了过去,然后,他们就结婚了。

至于具体是怎样的一个婚礼,对于我来说,就像一个梦境一样,模模糊糊地以为自己记得,但真的去回想其中的细节时,却又不知道了。

姑父的哥哥还没有结婚,穿着白衬衣,或者草绿色的军装,靠左胸口的衣兜里总别着一支英雄牌钢笔,读过高中,是个有文化的人。但是因为他是"富农"出身,高不成,低不就,至今一个人。他很喜欢看戏,可是第二天村长跟他们家收"戏票"的时候,他却跑掉了。

因为他的父亲很不喜欢给"戏票",有时连土豆、红薯都不舍得给。

所以,村长和会计提着蛇皮袋子,站在他们家门口的时候,奶奶很快就关掉了门,喊我进屋。

三

门虽然关上了,可是奶奶仍然倚在关着了的门畔,侧耳细听。早上的阳光从门缝里挤过来,落在奶奶的脸上,奶奶的脸一半是雪亮的晴天,一半是阴翳的暗夜。

有时,奶奶会拿起葫芦瓢捡一些红薯什么的,想让我送过去,但是,往往这个时候父亲就鼓圆了眼珠子,露出大片的眼白来,也不说话,让人看了觉得害怕。

奶奶就叹了一口气。

其实,奶奶在门口叹气,这算是好的。让我觉得揪心的是,奶奶在门口默默地流着眼泪。

那是因为什么呢?

当然是因为小姑家吵架。为什么吵架,我不知道。那天晚上,我们正在油灯下吃饭,忽然隔壁小姑家就有了摔碗掀桌子的声音,只知道吵得厉害,也骂得难听,骂小姑,骂着骂着就骂到了娘,小姑的娘就是奶奶。奶奶听不过了,就忍不住从门缝里回应几句。

于是,那边就有了更响亮的骂声,甚至殴打。

然后，门嘭的一声就被打开了，一家人的吵架变成了两家人，吵着吵着又嘭的一声关了门。

奶奶在门后取出没有做完的鞋底来。记得奶奶纳的千层底穿在脚上舒适而绵软，针脚细密，可以穿好多年。可是，我却分明地看见油灯下，奶奶纳鞋底的手和她的嘴唇一起哆嗦个不停，有时听着听着就站了起来，把鞋底紧紧地抓着，眼泪从脸颊哗哗地流了下来。

往往这个时候，我就很害怕奶奶忍不住又冲了出去，也很害怕奶奶紧紧地抓着鞋底的时候不小心就把别在鞋底上的针按进了自己的手掌中。

有过一次，那是父亲和爷爷打架，针插进了奶奶的手掌中，血都流了出来，她竟然一点儿都不知道。只是身子不停地颤抖，像我看要"斩人"的戏段时一样。

奶奶一共生了四个女儿，一个儿子，儿子在九岁的时候溺亡；母亲排行老二，她留母亲在家"吃老米"，招了个入赘的女婿，就是我的父亲。按说，我应该叫她"外婆"的，叫我的小姑"小姨"的，可是，因为她当我母亲是男人，所以，她仍然是我的奶奶，而小姑也仍然是小姑。

从我家走到小姑家，一共不到五十步的距离，我刚会数数的时候就这样计量过。

前天，两家吵架还吵这样凶，今天，因为父亲抓了一只偷吃玉米的獾，奶奶便把炒好的肉盛了一碗，让我端过去，并且叮嘱我不许偷吃。

我端着那碗冒油的獾肉，只恨这段路太短，如果再多一百步，我可以再多偷吃几块的，哪怕再多五十步也可以啊……

我把碗往小姑家的灶台上一放，也不说话，就跑了。

我的小嘴唇油汪汪的，像是油煎小红椒一样，嘴巴里还含着几块来不及嚼碎的獾肉呢，当然不能讲话。

不一会儿，姑父的父亲就端着碗过来了，奶奶让我叫"干爷"，我一边嚼着獾肉，一边应付着嘟囔一声，好在他们都不计较。

他们说东说西的，好像没有吵过架似的。这样子，就像夏天的雷雨，来的时候天昏地暗又是闪电又是霹雳，暴雨如注，落在地上的水惊慌失措地奔流，"咔嚓"的雷声凌厉得能把小孩们吓个半死；可是，过不多久，太阳出来了，天空洗得干干净净的，几朵云还慢悠悠地飘着。老槐树举着青幽幽的枝叶，仿佛很享受的样子；地上的积水虽然还是浑黄的，但已经不像刚来到地面上那时慌不择路了，开始变得从容不迫了。你要是跟天跟地跟云跟水跟树它们说，刚才暴风雨和霹雳闪电的时候你们如何如何，估计它们都不会承认。

我发现，有时，大人们也是这个样子的。

你看，他们还笑了呢，彼此叫着"亲家"。然而两天前，他们还拿最恶毒的话语互相伤害。

嚼着肥獾肉的小嘴巴，嚼着嚼着就忘记了，倒不是吃饱了，有时遇见好吃的，我可以比平时多吃一倍多呢，那是我听到好听的了。

从小，我的耳朵就比嘴巴更贪，喜欢听好听的戏，喜欢听奶奶的故事，喜欢听姜毛的口琴和王五的笛子，齐南田的二胡也要

163

命，好听。再不济，在田埂上听风声，听风吹松林呜呜响也很过瘾。当然，最喜欢听的还是奶奶的故事。

这会儿，他们一起在讲姑父的哥哥，他们一起在为他的过去叹息，也一起在为他的将来谋划……

四

姑父叫民生，姑父的哥哥叫民主。都是我们村子里很怪的名字。

他们家祖上在清政府的衙门里当差，押送犯人。据说，他们家曾经很有钱，因为押送犯人的时候，犯人的家属为了求得照应，都会暗中给差役不少金银细软。起先，我以为这只是传说，但到了20世纪80年代初的时候，我的表弟出生了。表弟三四岁的时候得了不知道什么样的病，几乎活不成了，干爷做了两件事儿，我才终于有了我现在活蹦乱跳的表弟——

一是把他的乳名"耀宗"改成了"狗娃"，二是拿出了一个金镏子，卖得三百块，治好了狗娃的病。

据说，干爷曾经挨过无数的批斗，甚至家也被掘地三尺，就是不知道他把那金镏子藏在哪儿，竟然谁都不曾找见。

我们小伙伴都不喜欢干爷。比如说，我们小伙伴在看完电影的第二天，拿着木棍举着木枪冲冲杀杀的时候，会按照剧情分配角色，让小表弟演"坏蛋"。这个时候，他往往会阴阳怪气地问一句：

"他是'坏蛋'，那你们都是'好蛋'？"

我们都愣住了，却不知道该怎样反驳，只有"坏蛋"，怎么会有"好蛋"呢？就算有好蛋也不叫"好蛋"，叫解放军啊！

其次，不喜欢他，是因为他从来不爽快地给"戏票"。那次，他跟奶奶讲话，我才隐约知道，不给"戏票"，是有原因的。

要说，这样的事情应该是发生在我出生前，仿佛不光是我的奶奶和干爷，应该也听其他人讲述过，这个被辗转讲述过多次的故事在每个人的讲述中，都自觉或不自觉地添加了很多东西。所以，当我在把这个道听途说的故事写下来，就更像一个传说。

然而我单调、孤独甚至还有点儿苦难的童年，最缺的就是传说。

某年某月的某一天，来了几个唱戏的河南人，他们带来了一个全新的豫剧《乔老爷上轿》：

书生乔溪乘船赴京赶考，途中游览江南某名山古寺时，与天官府小姐蓝秀英相遇。两人一见钟情，互生爱慕之心。

秀英之兄蓝木斯经常倚仗父势，胡作非为。他见黄家女儿黄丽娟年轻美貌，便欲抢亲。

黄家母女闻讯出逃，投宿于某客店。蓝木斯带人抬轿追至客店，嘱咐家丁四周埋伏，待天亮后行动。

乔溪游山后迷失途径，寻船不得，又身无分文，见客店前停有空轿，遂进入轿内休息。众家丁因天黑看不清，把乔溪误认为是黄小姐而抬往家中。

乔溪在轿内听到他们窃窃私语，始知自己被当作黄女。为免使弱女遭难，遂将计就计，换上轿内女装，扮成"新娘"，任他们抬回蓝府。

蓝秀英因不满哥哥的行为,便将"新娘"安置在自己房内,以便禀告母亲将其放回。蓝母袒护儿子,反要秀英去劝说"新娘"答应婚事。

因母命难违,秀英只好前往。这才发现"新娘"是自己在寺庙里遇见的书生。她问明情况后,更敬重乔溪的为人。

此时贺喜的人已陆续进府,蓝母怕事情张扬出去后有失体面,遂将错就错,招乔溪为婿。秀英与乔溪结成美满姻缘,而蓝木斯则竹篮打水一场空。

这个戏不同于革命样板戏,也不同于包公断案,竟然是才子佳人,竟然是啼笑因缘……秋水村的人虽然个个饥肠辘辘,满脸菜色,但仍然看得双目圆睁,忘了自己是谁,忘了今夕何夕身在何方,只是跟着月光下戏台上那几个穿着长衫的人一起哭,一起笑。

演完戏后,张村长和众乡亲极力挽留,众乡亲回家拿米拿面拿茶拿鸡蛋,让这伙人好好地吃了一顿饱饭。

本来,这个戏班子是被张村长神神秘秘地请过来的,哪知又被邻村里知晓了,月夜赶来,千般恳请,下一个月夜,到长天村再演一场。

就这样,第二天,月上柳梢头,秋水村的人哗哗啦啦地竟跟着秋水河的河水,一起流向了长天村。

美好得跟月光一样!几乎是同样的事情,又在月光下重演一遍,日落村的人也带着米带着面,还带着半壶苞谷烧,千般恳求,再到日落村演一场吧!

这样好的月，不演辜负了。

就这样，秋水村的人、长天村的人哗哗啦啦地再跟着秋水河的河水，一起流向了日落村。

在日落村演的时候，人们开始觉得不对劲儿了，因为，"乔老爷"总忘词，看来，此"乔老爷"非彼"乔老爷"，一打听，果然，"乔老爷"病倒了。

新的"乔老爷"说不出词儿的时候，就总听见人群里一个小伙子提词儿。

"人穷……人穷……"

"人穷志不穷，浩气贯长虹！"

"面愁……面愁……"

"面愁心不愁，信誉炳千秋……"

"谁？是谁？出来，到前面来！"

"对对对！"

就这样，穿着白衬衣的民主站到了前台来，站到了"蓝秀英"的面前的时候，低垂了头，月光下涨红了脸。

在大家的起哄声中，穿着白衬衣的民主在月光下闭了闭双眼，平息了一下呼吸，再睁开眼睛的时候，他觉得，自己就是那个怀才不遇的书生"乔溪"。

"公子请随我来！"月光下的"蓝秀英"莲步轻移，凌波微步，引领民主来到了后台，"这出戏，本是'乔老爷'写的，连日逃荒，东奔西突，栉风沐雨，忍饥挨饿，早病倒了，坚持到今天，已然是实在撑不住了……"

"是啊，是啊，"旁边那个新"乔老爷"也说话了，"我本是演'蓝木斯'的,只会抢亲说狠话,我又不是他们剧团的……"

"所以,'秀英'恳请公子成全,""蓝秀英"打断了哥哥"蓝木斯"的话,"不会的地方,我来帮你,公子天资聪颖,料定饱读诗书,这出野戏,定是一听就会……"

穿了戏装的民主在月光下闭了闭双眼,"蓝秀英"的话把他全身都说妥帖了,血也热了,再睁开眼睛的时候,他觉得自己不仅就是"乔溪",而且,他还要救小姐于危难,心中豪气干云霄。

一场戏下来,民主竟然没有打结,乡亲们都骄傲地竖起了大拇指称他是"秀才"!

自从因为家庭成分的原因从高中辍学回来,民主总是一脸的灰暗,只在这个月夜,才晴朗了起来。他不肯脱掉戏装,用左手挽起右手的水袖,用右手端了苞谷烧,一饮而尽。

然后,叹息一声,用湿润的双眼去寻找月光下的"蓝秀英"。

五

秋水河自西而东,从长山脚下,经秋水村,穿长天村、日落村而过,最后越过日出村,一路向东,奔赴长江。

那些天,那些村民们多像秋水河里的水啊,跟随着戏班子,一路东奔,最后来到了日出村。民主不觉得自己是秋水河里的水,而是被那么多水簇拥着的浪花,只有他的父亲,一边往烟袋锅里填烟叶,一边摇头。

在日出村演完后,戏班子似乎不再那么谨慎了,他们仿佛到了另外一个世界,或者说,另外一个时代,要么,就是他们把自己演的戏当真了,以为,他们就活在那戏中。

他们准备到更远更大的村子里再演几场。

深夜里，民主偷偷地跑回家拿衣服，拿了几件衣服后，刚准备溜出门，发现门槛上红红的火星儿一闪一闪。

"我……我要跟河南人去唱戏了！"

他的父亲叹息了一声，把烟袋锅伸过去"当当当"地敲着门槛。

民主一梗脖子从父亲的身边跨过了门槛，消失在月夜下。虽然，月光下，他不能看到更远的前方，但是，他感到外面的世界那么大。

不知道民主随同戏班子又去过几个村子，也不知道民主用左手挽起右手的水袖，在月光下用右手端起茶碗把苞谷烧一饮而尽时，有没有醉过。

我想，他肯定是醉过的。醉在"蓝秀英"的目光里，醉在舞台的戏文中，醉在别人的故事里，也醉在自己不愿醒来的梦中，而且，醉得不轻。

不知道他们在哪个村子里演的时候被"革委会"一锅端的，然而，竟然让领头的"乔老爷"溜了，那时，他正在老乡家里养病。

难怪张村长当初请他们的时候神神秘秘的，原来，他们是河南某个县豫剧团里的一帮"右派"，被下放了进行劳动改造，一伙人竟然在"乔溪"的撺掇下集体逃窜……

这件事情轰动一时，但是，在秋水村，比这个影响更大的，是"乔溪乔老爷"的投河。当然，民主知道这事儿，已经是好久好久之后了。那时，他被当作河南人和戏班子里的人一起关押着,而这时,他的父亲正四处奔走,和张村长开了证明,去求"革委会"放人。

其实,只要和"蓝秀英"在一起,不管是在天堂还是在地狱,民主都是愿意的。甚至,在民主的父亲和张村长拿着证明领民主出来的时候,民主也是不舍得离开的,好在"蓝秀英"说了一句话:

"公子如不出去,如何救得我们?"

民主下了决心,纵然是刀山火海,也一定要救得小姐出来。

然而,他一出来,就被父亲关了禁闭。所以,他竟然不知道"乔老爷"投了秋水河。

戏班子被"革委会"一锅端的那晚,"乔溪"走了十几里的夜路,叩响了民主家的房门,一边咳嗽,一边对干爷双手作揖,鞠躬到底,求他救救"蓝秀英"。

"我们一帮人被限制自由,食不果腹,与其坐而等死,不如奋力一搏!"干爷没有开灯,那弯窄镰刀似的弯月早沉了,两个人在黑暗里讲话,看不见彼此的表情。"乔溪"咳嗽了一阵子说:"唉,其实我也是有私心的,戏是我写的,我总盼着能上演,在我活着的时候……说这个已经没有用了,民主是个好人,'秀英'也好,还望您老成全!"

说完,"乔溪"递给了干爷一张纸条,纸条上写着"蓝秀英"所在的县以及劳动改造的地方。

"你是她什么人?"

"哥哥!""乔溪"咳嗽了一会儿说,"表哥。"

"你走吧。"

"您不答应,""乔溪"跪了下来说,"您不答应,我是万不能走的。这儿好歹有口饭吃,权当救人一命……"

"好,你走吧。"

"乔老爷"摸黑一直走到了秋水河,一边走,一边咳嗽,他摸索着一点一点地把自己沉到河水之中。

民主知道"乔老爷"之死的时候,"乔溪"肿大了好几倍的尸体已经被打捞起来了,而且,"畏罪自杀,自绝于人民"的结论都下了。

又过了些日子,民主知道了"乔溪"生前还来求过干爷,要民主救救"蓝秀英"。民主泪如雨下,冲自己的父亲吼道:"纸条呢?"

"我用它卷了烟叶子,烧了……"

"啊!"民主哭号着,一脚把腌菜坛子踢碎了,满屋子的酸味儿,黑褐色的汁水流了一地。

"你知道,'蓝秀英'是'乔溪'的什么人?"

"妹妹,表妹!"

"哼!表妹!告诉你吧,小崽子,人家是夫妻俩!"干爷双手飞快地捧起腌菜往盆子里送,"你他妈作孽——不信,你去问张村长去!"

民主又撕心裂肺地号叫了一声,跑了,不知道是跑去问张村长了,还是跑到河南找"蓝秀英"去了,总之,去了很久。回来的时候,已经瘦得东倒西歪,头发胡子结在了一块儿,白衬衣已经看不出来它本来的颜色了。

171

六

　　回来后的民主,看起来像是过上了正常的生活,当然,首先是人也变得正常了。但是这是大人们的结论,我不这么认为。

　　当然,这是好多年之后,我出生了,我会走路了,对于这个世界,我渐渐地有了自己的看法之后。我认为,他还是有些不正常。那是因为我的耳朵——我说过,我的耳朵特别贪,我喜欢听各种各样的声音。

　　有一次,我追随飞翔的鸟儿听鸟鸣,走进了松林,又听松涛的声音,在松林里走,走到旷野,我听见风吹电线的声音也很好听。

　　那是风在把电线当作琴弦,拉二胡。不对,是三弦,因为有三根电线。

　　就在我数电线的时候,我看见一个人站在旷野里,撕裂了衣服大声地号叫。

　　我吓得躲在松树的后面,后来,我看清楚了这个人,他是民主。

　　送了獾肉后,干爷和奶奶仍然没有给民主谋划出一个爱人来,他仍然孑然一身。

　　但是有一天,民主从街上回来,竟然带回了一个面若桃花的女子来,只是在这个女人的身后,还跟着两个女孩,大的比我大两岁,小的比我小两岁。

　　干爷吸完一烟锅烟叶之后,叹息一声,什么也没有说。

　　那天,我很高兴,我分得了两颗橘子味儿的水果硬糖,虽然裹着的糖纸有些油湿，糖纸剥了好久都剥不下来，但是并不影响我心情愉快地干掉它。我把糖块连同糖纸一起扔到嘴巴里，然后再把湿透的糖纸一点儿一点儿地吐出来……

当我吃完糖去找那个小女孩玩儿的时候，她虽然有些胆怯，但是仍然偷偷地在笑。我发现，她的嘴巴里也含着一颗水果糖，被她的舌尖倒腾来倒腾去，那舌头灵活得像奶奶的锅铲，在嘴巴里炒糖果，水果硬糖和牙齿磕碰的时候，发出"嚓嚓"的微响，让人羡慕。

一群人围着民主和他的新娘子，大家喝茶抽烟，脸上都挂着笑容。

"还是民主有文化，读书多，做事情肯动脑筋，你看看，现在老婆孩子都有了，人家帮忙养这么大了，而且，名字都取好了……"

"是啊，是啊，多好啊！民主，我们上街顶多端块豆腐，了不起了割两斤肉，提一条鱼。你行啊，一分钱不花，引了个老婆回来……"

"是因为丹江口修水库，她们是移民，"民主的脸上红一阵白一阵，搓着手答非所问地说，"她说她还能生，我想好了，我还想要一个儿子，嗯，女儿也得要一个……不怕计划生育！"

民主说得凌凌然，仿佛有了对抗一切的勇气。

民主想好了，儿子叫"乔溪"，女儿叫"秀英"。

但是，三五年过去了，他才肯面对这样的现实，那就是，这个被他从街上引回来的女人，已经绝育了。那时，已经开始计划生育了。

再过两年，我的那个起先叫"耀宗"、后来叫"狗娃"的表弟出生了，从大集体开始"分田到户"，农村比先前好过一些了，孩子多了，鸡飞狗跳的，好不热闹。而先前那个村子里最好的房子村委会，也作价卖给了姜毛。现在，已经是村子里最破的房子了。

只是读了小学的我们，在经过村委会的时候，仍然认不出墙面上白石灰的字，我们一直不理解，为什么农业要学"大赛"。

"那是'农业学大寨'！"有一天，我和小伙伴百思不得其解地争论和探讨的时候，恰好遇见民主。民主告诉了我们，那五个字是"农业学大寨"。

可是，我们仍然不知道为什么要学"大寨"，"大寨"就比"大赛"好吗？

我们的问题，早被遗忘在风中，这个时代飞速发展，我们也逐渐长大。在我读初中的时候，民主一家已经搬到城里了，开始做水果生意。

等我读大学的时候，我的表弟狗娃中专毕业了找不到工作，正跟着城里的民主大伯学做生意，意气风发的，民主简直成了他的偶像。

没过多久，我就听说，民主死了，脑出血。早上起来正准备出摊的时候，忽然觉得不舒服，眼一黑，倒了下去，就再也没有起来。

前几年过年回家，我看表弟狗娃闷闷地抽烟，就问他怎么了。

他说："我小丽姐姐过年要来我们家……"

小丽就是那个能在嘴巴里翻炒水果糖的小女孩。

"这又怎么了?"

"她不是我伯父亲生的,"狗娃狠狠地抽了一口烟说,"你知道吗?"

"我知道啊!"这下轮到我震惊了,"我们谁都知道她不是你伯父亲生的啊——难道,你一直不知道?"

"不知道,谁也没有告诉过我……"

七

去年过年回家的时候,一家人围着火塘烤火取暖,说东道西,天上地下,觉得挺温馨的。不知道怎么的,又说到了我小时候在唱《乔老爷上轿》的时候,被挂在了松树上。

我很认真地想了一会儿,问母亲:

"你确信,《乔老爷上轿》是一出戏,而不是电影?"

"电影?"母亲脑袋摇得像个拨浪鼓,"怎么可能,是河南人唱的戏!"

母亲回答得那么肯定,本来,我担心她年龄大了,很多事情都记不清了,没想到,她回答得这么肯定。

"难道,还有一个叫《乔老爷上轿》的电影?"母亲问我,"我们当年可是披星戴月地追着看河南人唱戏,最喜欢的就是《乔老爷上轿》。"

我本来还想追问一些有关《乔老爷上轿》那个戏班子的事情,但是,想想,又放弃了。母亲说过,要是问她昨天的事情,她肯定不记得了,但是,要是问她五十年前的事情,她记得清清楚楚。

对于我来讲，也是这样的，大概是我也开始老了。儿时，我听到的有关《乔老爷上轿》的故事，我全部记得，甚至，讲述人在讲述时的语调和神情，我也记得。

现在，我明白了，肯定是有个豫剧演员，根据1959年上海电影制片厂的电影《乔老爷上轿》改编了一个同名的豫剧。那个豫剧，虽然看到的人不多，但是却改变了好多人的命运。只是，这些人，对于这个时代、这个国家来说，无足轻重，但幸好，我听到了。

荞麦花开

太阳还有老高,我就背着书包去寻父亲,隔着一片松林,就已经听见了父亲的吆喝声。

"过——来——哎——"

每当耕牛走到田边要调头的时候,父亲就吆喝这三个字,简简单单的三个字被父亲吆喝成九曲十八弯,父亲的声音光滑得像匹缎子。

老牛听见这婉转的调子时,就舍不得再用耳朵拍打眼前的蝇蚊,竖着耳朵听,直听到那声音飘到棉花堆一样的云里头去了,才赶紧摔着耳朵,拍打着早已经聚成了一团的蝇蚊。

我默默地坐在田边,捧着书迎着太阳眯缝着眼睛读着,每读得带劲儿的时候,就被父亲的吆喝声打断,于是仰起头,憋足了劲儿喊道:"不许唱!"

父亲呵呵一笑说:"不唱,牛困人乏啊——"

父亲还故意把这个"啊"字拖得好长。

老牛也扬了脖子:"哞!——"

他们这样一唱一和,我只好放弃抗议,就这样在父亲的吆喝声中从我喜欢的故事里出出进进，来回奔走。

"吁！——"父亲这最后一唱仿佛是一个句号，卸下缰绳后，父亲揉揉老牛的肩膀头，再用劲儿地拍拍说："伙计，歇歇吧！"

我于是起身把书放进书包，揉揉眼睛，才发现天光已经暗淡，松林镀了一层金色。扭过头去，太阳已经闪在了山林的背后，几道金光从林木的罅隙里射过来，灿烂无比。

我从父亲手中接过绳头，牵着老牛寻得一片水草丰茂的洼地，老牛翕动着黑湿的鼻孔，粗粗地喘息，迎着夕阳，摔打着长长的尾巴，疲惫之中带着满足。

老牛低着头用它那细长的舌头卷起鲜美的绿草，急急地吃着，我看见被我从草丛中惊起的蚂蚱在夕阳中四散地飞起，翅羽镶着太阳的金光，心里惦记着没有看完的故事。但，此刻的天光，已经不适合阅读了。于是，我就逮住一只大肚子的螳螂，放在手心，一不小心，被它弯曲的刀臂上黑色的尖钩从指肚间划下道口子，一颗圆圆的血珠子冒了出来，正诧异间，那大肚子的螳螂灵巧地腾挪，夕阳下展翅飞走……

于是，扭过头去看太阳，一群鸟在太阳底下飞着，起初还能听见翅膀扇动空气的声音，到后来，只看见一群小黑点消失在金黄色的霞光中。

看到眼中流出了泪，看到心中有了惘然，再看太阳时，就发现圆圆大大的太阳只剩了一半。

垂下眼帘，只愣了一下，太阳就不见了，只剩下西天上一片霞光，留作太阳曾经经过的证据。

等到最后的天光也消尽了的时候，夜虫仿佛得了号令，一起鸣唱起来。举起手,五个指头就有些模糊不清了,心里生出了许多孤单,害怕鸣唱的青蛙引来了长蛇,害怕回头的时候看见了没有下巴的鬼魅。心中这么想着,就往往忍不住胆战心惊地回头望,回过头,老牛静静地吃草,"呼呲呼呲"……

被惊扰了的夏虫短暂停顿之后,鸣唱仍然继续。

又过了好久,夏虫再次稍作休息,连老牛也停止了"呼呲",仰起头来,一轮月亮水汪汪地站在了头顶上。

老牛扬着脖子,喉头微微地滚动,嘴唇边的胡须滴下点滴的液露,它眯着眼睛,看了一会儿月亮,再低头"呼呲呼呲"地啃草。

夏虫们也松了口气,重复着刚才的鸣唱。

父亲已经挖完了四个田角——每次调头的时候须把耕犁抬起,所以四角就成了死角。原本也可以不挖的,但父亲喜欢把田地整成方方正正的样子,所以,总是往手心里吐口唾沫,挥动膀子挖田角。

挖完田角后父亲又装了一车的红薯藤,我打了个呵欠,伶伶俐俐地从车尾爬上高高堆起的红薯藤上。染了夜露的红薯藤凉凉的,我躺在上面,望着月亮,凉凉的,水一样的月亮也凉凉的。

父亲还在收拾着,和老牛一起,和月亮一起,默不作声。

不知不觉车子摇晃了起来,我揉了揉眼睛,望着月亮,忘记了刚才做了一个什么样的梦。再一伸手,发现我正盖着父亲宽大的上衣,我拢了拢衣角,看着慢慢向我身后退去的松林,不看也知道,父亲正驾着老牛归家。

忽然,车速慢了,父亲叫了我一声,我假装仍在睡觉,没有吱声。

车子停了下来,老牛立在那儿不出声,父亲也没有出声,他们之间从来都非常默契。

父亲走到一片田地边,站在那儿,微微张着嘴巴。我望过去,一片细碎的小花雪一样地静静地开在月光下。

我的嘴巴就那么半张着,看着月光下那片雪一样的小白花儿,直到感觉呼吸困难,才想起来应该呼吸。

于是,一股淡淡的清香从我鼻腔进入我的肺腑,我吸了一口气,再吸一口气,那染了月光和夜露的香味,润润的,凉凉的。我吸了几口气之后,把双臂平伸,自己成了一个大大的"大"字,眯缝着眼睛,望着冷洌的月亮。我当时想,大概醉酒就是这么回事儿。

累了一天的牛那样有耐心地等着父亲,父亲在做什么呢?

我在月光中从微微醺醉的花香里坐了起来,坐在染了夜露凉凉的红薯藤上,看着父亲。

父亲慢慢地走着,伸着双臂,张开十指,慢慢地走着,那一双手仿佛是要去抚摸那些月光下的小白花,但又怕那手指真的碰掉了花瓣。所以,他的那一双手总在那些花儿的上方滑翔。

那些花儿,仿佛就在父亲的翅羽之下,得了父亲温暖有力的庇护。

父亲慢慢地走着,不愿意漏掉一朵小花。

就在我看得不耐烦的时候,父亲忽然蹲在了田角,一双大手捂住了脸颊。我坐在高高的红薯藤上,俯视着父亲,渐渐地,我听见了父亲压抑着的哭泣。

那哭泣声虽然和夜虫的鸣唱混杂在一起，但是，我还是能辨得出来。那声音仿佛也沾染了夜露，润润的，不像耕田时候的吆喝声那样嘹亮如裂帛。但这压抑的迟疑的润润的哭泣，更让人心里难受。

为了心里不难受，我把眼睛从父亲身上转到了月亮身上，可是，还是忍不住想跟着哭泣。

我重新躺在凉凉的红薯藤上，不知道过了多久，我在高高的红薯藤上晃动了起来，我感觉月夜之下的树影从我的面庞上滑过。

快要到家的时候，我在高高的红薯藤上张开双臂扑向父亲的怀抱。我闻见烟草的味道，夜露的味道，还有淡淡的小白花的味道。

"那是什么花儿？"

"荞麦花！"

父亲在说这三个字的时候，低垂着头，仿佛有了羞赧，声音却出奇地温柔。

太阳又把身子往上挪了挪，已经攀上刺槐树的梢头了。晨雾更淡了，悄悄地从枝丫间流走了。一只黑白相间的花喜鹊衔着一根一尺来长的枝条儿缓缓地滑落在枝头，树枝晃悠了几下，稳住了，照在我脸上的光晕也晃悠了几下。坐在墙角下梳头的母亲已经把落在梳齿儿间的头发团成了一小团，塞进了墙缝里，再用翘着的兰花指蘸了桂花油抹了抹相当顺滑的头发，扭过头看着父亲，问："小三，娘好看吗？"

我看了一眼母亲，很奇怪她为什么看着父亲却问我。我没有

181

吱声，看着喜鹊把那根树枝儿放在了自己满意的位置上，它要垒一个漂亮的房子，过完这个冬天，不出意外的话，会从这个小房子里探出五只嘴巴嫩黄的小喜鹊……正这么想着的时候，公喜鹊也回来了，也衔着一根树枝，我听见了它宽大的翅膀扇动着晨风的声音。

母亲抱怨我和父亲都哑巴了。

我把目光从公喜鹊的身上转向了父亲，他正心不在焉地搓着一根麻绳，头也不抬地说："好看呢！"

姨妈家的女儿今日定亲。想到这，我心里很是失落，记得表姐答应过我的，说要等我长大了嫁给我，怎么这么快就急着要相女婿了？而且缠了一早上，母亲也不带我去走亲戚，这样我就更失落了，自然，什么话都懒得说。

枝头上的喜鹊夫妇开始讲话了，叽里呱啦，蹿上跳下，母亲仰着头看了会儿，笑了，说："喜庆！"说完后就风一般地飘走了。

我看着这两只喜庆的喜鹊夫妇，没看完的故事书也懒得看了。看了一会儿，就看出了一些门道——它们是在讨论房子的事情。外面的框架是有了，里面装饰一些温暖的东西才好。于是，它们先后飞离了枝头，估计是去寻找羽毛、枯草之类的东西去了。

安静了。安静到快要听见太阳向上攀爬的声音，渐渐地，能感觉到太阳那让人舒适的温暖了。

扭过头，只看见半截没有搓完的麻绳，父亲不知道哪儿去了。远处有公鸡跃上了草垛，伸了脖子"喔喔喔"地吼唱。

再过了一会儿,一只喜鹊回来了,嘴巴里果然有一团羽绒,我为自己的推理得到了证实而开心。就在这个时候,父亲也回了,拎着一篮子红薯,刚洗过,白白红红的,个个精神,水滴还不断地从篾缝里滴出。

"小三,我们去集市上卖红薯!"

只一句话,一下子让我腾地跳了起来,整个人算是彻底地活泛了,牵着父亲宽厚的手掌急急地走在山梁通往集市的道上。风吹过来,才知道自己的面颊上正挂着汗滴,抹了一把汗,终于舒了一口气,这个星期天没有被浪费。

本是和我一样意气风发急急赶路的父亲,临到快要进入集市的时候,竟迟疑了起来,怯怯地走着。我已经听见曹老头儿吆喝"糟曲老鼠药哦——"的声音来,不断地催着父亲,把我急得恨不得背着他快跑。

父亲羞红着脸,终于找到一块空地,蹲下身来,把那一篮子红薯放在跟前,垂着眼睑,半晌不吱声。

顾不得这些了,我早挣脱了父亲的手,手心里捏着五毛钱去寻好吃的东西了。我被人群裹挟着,仿佛不得自由,其实是如鱼得水,我在人群里钻来钻去,看东看西,把什么都看了一个遍,把眼睛看饱之后,才觉出肚子的空虚。于是用手心里汗津津的五毛钱换得一个水煎包,一个油炸饼,还剩一毛钱被我小心地藏在了贴身的衣兜里。我已经用这种方法攒了三块五毛钱了。

回到父亲身边的时候,父亲的红薯还是那么多,一个也没有卖出去。

我蹲在父亲的身边,暖暖的太阳就在我的头顶,我非常满足，满足到自己不好意思起来，开始为父亲的买卖着急了。

对于买卖，父亲有些心不在焉，目光总在不远处卖豆芽的菜摊上逡巡。卖豆芽的女人衣服显然是穿得少了些，杏黄色的衫子上一块红色的补丁尤其显眼。尽管衣服少了些，可是她的脸却白里透红，也许是因为她频频得了太阳温暖的眷顾。

我没有觉得有什么好看的，就扭过头，想鼓起勇气也对着来往的行人吆喝几声，可是撇了撇嘴巴，却发不出声音，忽然想到父亲犁田时候的吆喝声。如果父亲真的吆喝起来，人们不围过来才怪呢。于是，我就央求着父亲吆喝几声。

父亲叹了一口气，犹豫了一会儿，塞给我一块钱说："小三，去买碗羊杂碎吧！"

这喜悦来得太突然了，我愣在了那儿，怀疑自己听错了。在我的记忆里，父亲只为我买过一次羊杂碎，是我在镇里的医院打完针后。那么好的美味，现在回忆起来还有口水盈满口腔。

"看见那个小妹妹了吧？她衣服穿那么少，肯定冷，去给她买一碗羊杂碎热火热火吧！"

我火热的心一下子就凉了，把头偏向一边，缩回了手，用目光狠狠地去剜那个吸着鼻涕的小女孩，那个豆芽菜一样的女孩儿。可惜她没有看到我，她在那个卖豆芽的女人旁边，很乖巧地笼着袖子，坐在一个小凳上，尽管头顶上有温暖的太阳，但是，一看见她的穿着，连我都感觉有点儿冷……

过了一会儿，我听见父亲又叹息了一声，我感觉自己的胳膊被父亲碰了碰。回过头去，见父亲摊开的掌心有两块钱，我把目光从父亲的掌心转向他的脸的时候，我看见了父亲一脸的忧伤。

"先买碗热的羊杂碎端给妹妹,剩下的一块钱,你自己去……"

不等父亲说完,我就起身奔向我刚才还在门口徘徊了半天的羊杂碎馆。当时我想自己再凑五毛钱买一碗羊杂碎吃,但还是没有舍得花自己辛苦攒了好几年的钱,啊,幸亏我当时没有买啊……

我把一碗滚烫的羊杂碎放在那个流着清鼻涕的女孩的面前的时候,那个卖豆芽的女人嘴巴张了张,想说什么,又没有说,她拿自己弯弯的眼睛去看父亲。我看见她眼睛里的光比这太阳还要温暖,但父亲却把头低着,望着篮子里红红白白的红薯,一脸的忧伤。

我一扭身又跑回了羊杂碎馆,我喜欢坐在馆子里的长条板凳上,放点切碎的香菜,放点香油煎的辣椒,慢慢地吃,吃到脑门冒汗,吃到鼻涕流出来。虽说羊杂碎是这个馆子里最便宜的,但这样坐着吃,也有下馆子的感觉。

等到我满足地抹了脑门子的汗,甩掉流到嘴边的鼻涕,拍着饱暖的肚皮,抿着一双油光光的嘴唇走出餐馆的时候,才发现街上喧闹了起来。

我发现一个干瘦的男人正在揍那个吸着鼻涕的女孩儿,装羊杂碎的粗瓷碗被摔成了几片,哭泣着的小女孩张开的嘴巴里还有没咀嚼完的羊杂碎,青白的脸上眼泪鼻涕淌在了一起。她缩着肩,想往母亲的身后躲。

接着,那个卖豆芽的女人的筐子飞了起来,无数的豆芽儿像蜻蜓一样飞翔在阳光下,黄色的芽瓣儿,银色的根茎,都有了太阳的光辉。瞬间过后,再跌入尘埃,不可收拾……

围观的人越来越多，忽然就有个膀大腰圆的男人嬉笑着说了一句什么猥琐的话。

那个女人也哭了起来，那个干瘦的男人仿佛得了鼓舞，一跃而起，一把揪住女人的头发……

再忽然，围得水泄不通的人群开了个豁口，我听见了父亲的声音。

只见父亲手里正握着一把一尺来长的杀猪刀，指着刚才嬉笑的男人。那个男人膀大腰圆，据说，就是集市上杀猪卖肉的屠夫。

我看见父亲怒睁的双眼下有两道已经被风吹干了的泪痕。父亲举起刀，向着那个膀大腰圆的男人冲了过去，那个男人一边无辜地争辩，一边抱头鼠窜，人群开开合合地跟着这奔突的两个男人。

那个气焰嚣张挥拳打老婆孩子的干瘦男人也愣在了一边，再过了一会儿，他眼睛里的火暗淡了，人，也不见了。

人群也早对这个打老婆孩子的男人失去了兴趣，没有比挥舞着杀猪刀奔突追逐的两个男人更让人觉得刺激，他们都庆幸今天赶集赶上了这出大戏。

我看见人群像一群麻雀一样呼啦啦地随着父亲从我身边掠过，我忘记了哭泣，牙齿"咯咯咯"地打起战来。

那个女人，也忘记了哭泣，她顾不得收拾一地的豆芽儿，揽着那个不断抽噎的女孩儿，却对着我说："孩子，你别怕……"

她虽然嘴巴这么说着，但是眼睛里却写满了惊悸和担忧。

后来，人们很泄气地跟着父亲回来了，那个屠夫跑得太快了，跑得不见了踪影。父亲把刀放在了他的肉案子上，想了想，又回过身来，把裤兜里的钱掏了出来，分了一半，压在刀下。

人们议论了一遍，意犹未尽地散了。

父亲把剩下的一半钱埋在红薯下面，然后起身，牵了我的手，走了。

在经过那个卖豆芽的女人的时候，我看见父亲的目光望着自己的那篮子红薯，然后对女人点了点头。

我看见那个女人顺着父亲的目光望向了那篮子红薯，然后红着脸，低了头，去收拾那一地其实根本无可收拾的豆芽儿……

父亲牵着我的手，走了好远，忽然不走了。他踌躇起来，在一个卖种子的摊子前问玉米的价格，问了好几遍都记不住，卖种子的婆婆都懒得理他了。我看见他的目光总回过去，去寻那个女人。

我看见那个女人四周望了望，若无其事地起了身来，望着父亲的方向，仿佛，我还听见了她的一声叹息。她过了马路，把父亲留在那儿的一篮子红薯拎了过去。

父亲这才舒了一口气，牵着我的手，沉默无语，回了。

鸟雀在枝丫间鸣唱，天还没有亮，还笼在一层浓浓的雾霭里，父母已经摔盘子打碗地争吵了起来。

我在父母的争吵声中吃了早饭，走进了雾霭里。我发现随着我的走动，雾霭也涌动了起来，回头望的时候，家里的房子已经如在仙境，只是还能听见仙境里的院落里传来俗世的争吵声。好像从我记事起父母就没有停止过争吵，习惯了。有时候刺槐树梢头的喜鹊夫妇也争吵呢，既然如此，那就这样吧。现在有些庆幸

187

表姐没有嫁给我，估计，我们结婚了，也会争吵的，那不如让她去吵别人。

晚间回来的时候，母亲让我去喊父亲。我走在田埂上的时候，风忽然刮过来，差点把我刮倒，我打了个寒战。

我看见父亲的时候，父亲正坐在田角吸烟。我看见他的面前是一地被打折的小白花儿。那些父亲生怕手掌触疼了的小白花落了一地，也有几簇未落的挂在枝头，但杆茎却折断了，花儿挂着，可怜地低垂着头。

风把零落在地上的小碎花儿卷了起来，连同尘土一起卷上了天，旋转着，扑棱棱地飞着。

我又闻见了那些花儿的味道，还有断折的杆茎渗出青黄的汁液的味道，有股淡淡的涩苦。

想起前天月光下的荞麦花，就抬头去寻月亮，黑沉沉的天幕上，不见月亮的踪影。

我去牵父亲的手，父亲的手凉凉的。我牵他，他不动，我用劲儿拽他，他也不动。

我在他身边坐了下来，他又抽出一支烟，点燃。

我也从里面抽出一支烟，就着他的烟头点燃，吸了一口，剧烈地咳嗽了起来。

他站了起来，把我手里的烟抢了过去，掐灭了，放进烟盒里，然后把我抱了起来，往家里走去。

我问父亲："为什么母亲要把这一地的荞麦花都毁了？"

父亲把我从他的怀里放了下来，没有回答，牵着我往回走。他的手凉凉的，像滴落的秋露，黑暗中，我看不见他的眼睛，所以，也无法猜度他的心情。

　　站在阳台上，望着铅灰色的天空，一丝儿风都没有。于是，我就垂下头来看花盆里姑父栽种的橡皮树，伸了手指去轻轻地掐它那肥厚的叶子，再抬起头的时候，就看见零星的雪花儿从天空中飘落了下来，远处有骤然而起的鞭炮声传来。于是，就想回家了。

　　鞭炮声停息了，就听见了姑父在隔壁房间讲电话的声音，放下电话后，我就听见姑父站在门口喊我："小三。"

　　我回转身子，看着姑父。

　　"小三，刚才你大伯打电话过来，我们去他那儿过元宵吧！……"

　　我低了头，不敢看姑父，小声地说："我想回去……"

　　当我终于一头钻进雪片密密匝匝飞舞着的雪天里的时候，我舒了一口气，觉得一身轻松。我从去年考进县一中的时候就开始寄住在姑姑家了，已经一年了。在这个家庭里，我还是会局促不安，更何况，父亲和他的大哥，就是我的大伯，打过一架，我怎么能到他们家去过元宵？

　　还是回到乡下吧，更何况，我真的想回家了。

　　当一辆公共汽车缓缓地行进在漫天飞舞的大雪中的时候，我忽然觉出了浪漫，觉出了一种淡淡的因为青春而生起的伤感，说不清缘由。于是，一路上，我都别过头，望着窗外肆虐飞舞的大雪，望着擦肩而过的白杨树，望着渐渐变白的山岚。

　　这一路费了好大的周折，因为中途上一个坡的时候汽车打滑差点抛锚，幸亏司机预备了防滑链，当车轮缠上了防滑链之后，车又启动了。我听见一个扎蝴蝶结的女孩儿说:"坦克!"

防滑链随着车轮的滚动,发出"咔嚓咔嚓"的声音,还真有点儿像坦克。我看过去,那个女孩儿正用双手捂住脸庞,露出一双水汪汪的大眼睛,看着不断扫掉窗户落雪的雨刮。当她发现有人看她的时候,目光流转,顾盼之间,犹如流星划过,我赶紧捂着怦怦乱跳的心,垂下头,继续望着窗外。

终于到了镇上,车还在滑行的时候,就看见窗外一个男人随车奔跑着,边跑边喊着:"儿子,儿子,你回来了啊!"

起初我也和这车上的人一起觉得这个人很可笑,头发、眉毛、胡子都挂着雪,最可笑的是他左右的腋下各夹着一棵大白菜,跑着的样子也很好笑。当听清了那声音之后,我就笑不出来了,低垂了头,也不应答,那是父亲,没想到他在等我,因为我并不曾告诉过他,元宵节我会回来。

我准备下了车就赶紧拉父亲走,免得别人笑话。父亲嗓门大,每次一见面总是说这说那,生怕别人不知道他有个儿子在读一中——当时,整个镇上能考进县第一高中的不超过五个人,这是父亲的骄傲。

但奇怪的是,我下了车却发现父亲默然地立在漫天飞舞的大雪中,一言不发。

我走到了父亲的身旁,他也没有感觉到。我顺着他的目光望过去,对面立着一个女人。我不认识那个女人,但是她身旁的那个女孩我见过,就是刚才在车上说"坦克"的那个扎蝴蝶结的女孩儿。

我看见那个女孩儿笑着的时候弯弯的眼睛,就赶紧低下了头。我看见她穿了一双非常漂亮的红靴子,正用脚尖一点一点地踢着地上的积雪呢。

我扭过头去看父亲,父亲的嘴巴动了几下,还是没有说出一句话来,只是忽然,他腋下夹着的两棵大白菜落在了雪地上。

这时站在他对面的母女俩都笑了,我这才敢再次望向对面的母女。女孩儿旁边的那个女人,穿着米色的立领大衣,围着红围巾,白里透红的脸上也有着一双和女孩一样顾盼生辉的弯弯的眼睛,那双眼睛还保持着刚才的笑意。垂在她胸前的是一双辫子,辫梢儿扎着和女孩儿一样的红绸子。只是女孩儿在脑后用蝴蝶结扎了个蓬松的马尾,她的妈妈却梳了两条油光光的辫子。

车上的人已经散尽了,泊好车的司机也回家过元宵节去了。静了,听得见交织飞舞的落雪声,偶尔也有零星的鞭炮声传来。

飞舞着的积雪把四周的脚印掩盖了起来,对面的母女俩不断地抖落着积在头发、围巾上的积雪,她们轻快地跳起来,眼睛里盈满了微笑。

父亲整个儿都成了雪人,头发白了,眉毛也白了,胡须也白了,衣服也白了。他仍然立在那儿,我看见他的脸上有无数的情感飘过,风云际会。

后来,对面的女人不笑了,轻声地说了一句:"我很好……"
然后,牵着女孩走在了漫天飞舞的大雪里了。
我转过身去抓父亲的手,父亲还是痴站着。
我跳了跳,抖落掉身上的落雪,然后摘下自己的围巾轻轻地抽打着父亲,把他身上的积雪都扫落了。

忽然,父亲弯下腰去,捡起那两棵大白菜,仍然放在自己的

191

腋下夹着，然后向着快要消失在飞雪中的母女急急地追了过去。

隐约中，我又听见了那个女孩"咯咯咯"的笑声，但这笑声戛然而止，仿佛是受了母亲的呵斥。我立在雪中，远远地看着大雪中隐约可见的三个人，我不知道父亲跟那个女人说了些什么。

过了一会儿，我听见"咯吱咯吱"的声音，是父亲踩着积雪朝我走过来。

我看见飞雪中父亲委顿的身影，心里生出好多伤感。

父亲伸过他的大手，紧紧地握住了我，他的手掌凉凉的，满掌的茧子。好像从我读初中后父亲就没有牵过我的手了，我也以为自己长大了，不愿父亲牵我了。但是那天很奇怪，当父亲在飞雪中伸了手，牵起我来的时候，我是那样顺从，仿佛，我又成了八岁的孩童。

父亲一言不发，走在无人的街道上，从东走到西，从南走到北。

这个集市就这么大，没有了拥挤的人群，显得空落落的。

走了好几遍之后，父亲忽然仰起脸来，望着狂舞的落花一样的飞雪，他的目光仿佛是要穿越那些飞雪，望进苍穹里。

"唉！——"

父亲把仰望苍穹的目光收了回来，落在我的脸上，他想说什么，却最终什么都没有说。就在那一刹那，从我们的身边走过一个笼着袖子穿草绿色军大衣的人，父亲一把抓住了他。我一看，竟然是那个屠夫，我的心怦怦跳了起来。

完了，恐怕父亲又要打架了。

没想到，父亲竟和那个屠夫搭着彼此的肩膀向羊杂碎餐馆走去。我跟在他们的后面。

再次吃羊杂碎的时候,已经没有了儿时的香甜了。很奇怪,那样的感觉,永远找不到了。但是,在这个漫天飞雪的晌午,能喝一大碗羊杂碎,也不错。

喝完羊杂碎后,就不觉得那么饿了。

羊肉火锅"咕嘟嘟"地冒着泡泡,偶尔有燃烧着的木炭向上腾起一些烟尘。这种火锅是中间开个高高的烟囱,里面放炭火,围着烟囱的一周放羊肉、萝卜、白菜什么的。

父亲和屠夫也不说话,只是端起杯子来,彼此瞪一眼,一扬脖子,然后再"啊!"一声,把空了的杯子砸在桌子上,咂咂嘴巴,把筷子在桌子上磕整齐了,再去沸腾的火锅里夹菜。

吃完菜后,再彼此为对方斟满酒,然后再彼此一瞪眼,喊一声"喝",脖子一扬,"啊!"满足地一吐气,又是一杯。

渐渐地,积在父亲头发间的雪化了,从父亲的头顶蒸蒸地腾起白烟来。再一看,那屠夫的头顶也是如此。

又过了一会儿,掌柜的也受了感染,从炉子上再拎起一壶温了的酒来,自己也搬把椅子,加入了进去,说了声:"你还差我一个粗瓷大碗呢,什么时候赔啊?"

哦?是我端过去送给那个豆芽菜一样的女孩儿吃羊杂碎的那个大碗吧?

掌柜的咚的一声坐在了板凳上,嘟囔着:"现在尽是细瓷碗,粗瓷大碗买不到了……"

父亲也不应答,"呵呵"地笑了两声,为掌柜的斟满了酒。

他们三个人这样喝了一会儿之后,都脱了上衣,卷起袖子来。

忽然，父亲唱了起来。我从来没有听父亲唱过曲子，顶多听他在犁田的时候唱"过——来——哎——"

而且，我也不懂得，父亲到底唱的是什么，只是后来才知道，他唱的是豫剧。

他仰起脖子唱着的时候，掌柜的就拿筷子敲盘子，还别说，每次都敲得恰到好处，轻重急缓，丝丝入扣。

唱完后，三个人一起喊好，父亲也带头喊好，喊完好后，再喝。

到最后，父亲放下酒杯的时候，叹了一口气。

掌柜的望了望屠夫，屠夫望了望父亲，什么都不说，什么也不问。

父亲却说话了："都快十年了，我又看见她了……"

"荞麦花是个好女人啊，搬到城里也有十年了吧？"

"她养的豆芽跟她的人一样水灵。我想吃豆芽了。掌柜的，来盘凉拌豆芽儿？……"屠夫嚷道。

"这么冷的天，这镇上除了荞麦花之外，恐怕就我能养出豆芽来了……"掌柜的自豪地说着，起了身去凉拌豆芽儿了……

我听见父亲嘟囔了一句："她说她过得很好……这就够了，唉！"一扬脖子，又是一杯。

……

出来的时候，雪小了一些。我看见屠夫拍着父亲的背，送了好远，确定父亲没问题的时候，才立在雪中，挽起袖子，望着我们，嘴巴里哈出一股子又一股子的白气。他敞着衣服，仿佛热得很。

我想，这应该不是他们第一次喝酒了，没想到父亲和他是不打不相识，竟然打成了酒桌上的知己。

父亲牵着我的手，其实是我牵着父亲的手。他深一脚浅一脚地走着，头上依然蒸蒸地腾着白气，脸红红的，一直红到脖子根。

翻过那道山梁就到家了，没想到，父亲竟然一脚没踩稳，翻倒在地。我拉他，他也不起来，就坐在雪地上，"啊啊"地哭着，像个委屈的孩子。

他抹了一把鼻涕眼泪之后，忽然弯下腰，吐了起来。

吐完了，他抓了一把雪塞进嘴巴里嚼着，还没有吃完，又塞了一把，差点把自己噎死。

吃完雪后，他唱了起来，嘹亮的嗓音，在松林中冲撞，婉转的曲子和纷飞的雪一起飘啊，飘。

我听得眼泪都快要流出来了。

快到家的时候，父亲突然不唱了，指着远处的一个小黑点说："你妈在等我们……"

我望过去，静静的落雪中果然就有一个雪人立在那儿，一动不动。

父亲叹了一口气说："要说呢，你妈可真好——可是，她为什么就不许我开一块自己的田呢？为什么就不让我种点荞……麦，种点荞麦……呢？"

这些年来，父亲在不同的地方开荒，总以为隐蔽到母亲无法找见，然后在那块他以为是自己的地里，撒上荞麦的种子。但每次,都在荞麦花开的时候,被母亲挥着一根长竹竿,把那一片荞麦花悉数敲落……

然后,父母间就是相互的谩骂与殴打,自我记事以来,没有哪一年会有例外。

走到跟前的时候,母亲从怀里掏出一个扁平的小锡壶来,塞到父亲的手里,说:"非要去卖白菜?白菜呢?卖了?小三回了?——赶紧咪一口,还是热的……"

偌大的校园,在国庆节的时候显得如此寂寞,只有一树一树的桂子花开,热闹得紧。如果在平时,穿梭在几万棵桂花树下的应该是夹了课本背了书包匆匆赶往图书馆、自习室的莘莘学子。

大学毕业十年的聚会只到了三分之一,没有想到的是,她居然来了,从遥远的德国回来了,只是她的身边多了一位先生和一个一岁半蹒跚学步的女儿。

大家走在那么熟悉的校园里,谈的却多是从前。蒙了风尘的脸颊因为那些回忆而有了些许青春的光彩。

第二天,我一个人坐在电脑前来写一个工作方案的时候,心里却总想着昨天的聚会。于是,干脆放弃工作,把昨天我们在KTV唱过的那些歌——其实是我们大学时候经常唱起的那些歌,在电脑里搜了出来。打开音响,我搬了把椅子,坐在阳台上,晒太阳,听着那些歌儿,想着那一去不复返的时光。

就在这个时候,父亲回来了,他拎着一柄锹,神采飞扬。

他牵着我离了阳台,来到另外一个阳台,指着我们小区外面的一片芦苇丛生的荒地说:"看到了吗?就那块地,我要开一块地种荞麦……"

我惊讶地望着父亲，微张着嘴。

父亲的头发像是收割之后的麦茬，灰白晦涩，脸上沟壑纵横，像极了家乡的田野。

我明白父亲为什么要种荞麦，只是担心他的身体。

终于在郊区买了一套房子，没想到父亲来了却极度地不习惯，总嚷着要走。我想，他想去为自己开一块田地，就让他去吧，有了点事情做，起码在我这儿，他可以多住几天。

然后，我们俩就坐在阳台上晒太阳，电脑里的音乐继续响着。

也许是人老了，话就多了。记得父亲是个寡言的人，但现在，他却对每首歌评头论足。然后，摇着头吹着滚烫的茶叶，低下头去喝茶。

"咕咚！"一大口茶吞了进去之后，他说："要说，还是豫剧好听——还什么'走吧，走吧，为自己的心找一个家'……"

那一点诗意的伤感被父亲这么一评论，荡然无存。我站起身来准备关掉电脑，忽然父亲说："等等，先别关，把这个听完……"

我很诧异地望了一眼父亲，怀疑他到底有没有听懂。

但是，父亲却不再说话了，沉默着听完了这首歌，叹了一口气，然后扛着他跟小区做绿化的工人借的那柄锹出去了。

我把火车票递给父亲的时候，父亲忽然不好意思起来，嗫嚅了半天，才说："能不能把你上次给我听的歌给我录一张，我回去了听……"

"你不是说不好听吗？不如豫剧……"

"有一首说得好……"

什么叫有一首说得好？真搞不明白到底有哪一首说得好，而不是唱得好。

我想了一会儿，有了，我打开电脑把那天的歌曲刻在了一张碟子上，然后，又为父亲买了一个可以放CD的录音机，还买了许多豫剧的CD碟。父亲高兴坏了，上车的时候一直抱着那个录音机，像是抱着什么宝贝。

我们读书的大学坐落在桂子山上，有几万棵桂花树，所以，我好多青春的记忆都和那些白的、黄的小花，还有它们的花香有关。或者说，那些醉人的往事都沾染了桂子的花香。我竟然有了和父亲一样的心思，也想栽种几棵桂花树，但是，这是多么奢侈的梦想啊。好在小区里种了不少桂花，等到桂花第二遍花开的时候，我忽然想知道，父亲现在还有没有再去开荒种荞麦？

电话接通后，父亲依然是"喂"了一声，就去喊母亲。

现在的乡村已经和先前不一样了，松林被伐尽了，山都被开成了良田，而父亲不种荞麦已经有好几年了，难怪这些年父母之间相安无事，过得风平浪静了。当母亲欣慰地这么说着的时候，我忽然就想起了父亲在我们小区隔壁的荒地里挖出的那一块田地。

我下了楼，才发现有一弯冷月在天际。

没想到几天的时间，父亲竟然挖了那么大一块地，田角堆着几堆芦苇或白色或红紫的根茎，这块地应该很难挖吧？

以前的童年漫长无边，每个日子都比现在长。而现在，来不及回忆，一天就过去了。你甚至来不及欢喜，也来不及忧伤，花就落了，花又开了，春天竟然又要完了。就在我差不多完全忘记了父亲挖开的那块地的时候，一个星月之夜，父亲来到了武汉。

顾不得吃饭，父亲非要去看他的那块地。他蹲在那儿，伸了手指去触摸那些经了寒冬成了冻土，再经了暖春逐渐酥软的泥土，仿佛他想念了那块土地太久……

匆匆种完荞麦之后，父亲的肩头搭着空空的种子袋，不肯不多住一天，他说："你妈离不得我，家里还有好多事情哦……"

那应该是父亲第一次给我打电话，因为，以前每次打电话他都只"喂"一声然后让母亲跟我讲。那天，我的手机上显示了一个陌生的手机号码，接通后，我听见了父亲的声音。

父亲也买了手机。

父亲说："我来不成武汉了，你妈妈住院了……"

我一听这话脑袋一麻，都不知道要说什么了。

"不要紧，只是感冒，年纪大了……"父亲沉默了一会儿，接着说，"小三，荞麦花，开了吗？"

我这才想起来，我这儿还有父亲惦记着的一块田，还有他惦记着的荞麦花……

"开了，好美啊！我是昨晚下班了去看的……月光水一样的，荞麦花雪一样的，真是月明荞麦花如雪……"我顺口把二十年前我所看见的荞麦花描述给父亲听。

父亲没有说话，长长地舒了一口气，说："好。谢谢你……"

这是父亲第一次跟我说"谢谢"，听他这么说，我心里却难过极了。

第二天早上的时候，我被鞭炮声吵嚷得无法写作，就到阳台

199

上去看，发现我们小区旁边的那块荒地上停了好多车，还有推土机……

我赶紧跑下楼，一口气跑到父亲的那块荞麦花地旁，阳光下有蜜蜂和蝴蝶在那些灿烂的小白花上飞舞着。我伸了双手，想要阻挡向着荞麦花开过来的推土机。我看着那些飘扬在阳光下的白头芦苇纷纷倒下，我听见机器的轰鸣声离我越来越近……

我终于被劝到了一边，因为这块地早被买下了，要开发成住宅小区的……

我悻悻然离了这轰鸣的工地，坐在阳光下的草地上，开始拨打父亲的手机，接通后，我听见手机里正唱着一首歌，我熟悉的那首歌，原来父亲觉得"说得好"的歌是这首啊……

　　后来，我总算学会了如何去爱
　　可惜你，早已远去，消失在人海
　　后来，终于在眼泪中明白
　　有些人，一旦错过就不再
　　……

不知道是谁帮父亲设置的彩铃，我听着听着，眼泪流了出来。

一分钟过了，没有人接听，手机里传来忙音。

我好想再听听这首歌啊，就又按了一次重拨键。这次，电话接通了，父亲说："哎呀，刚才扶你妈上厕所，小三放心，你妈好啦，明天出院……"

从父亲的口吻里我听出了轻松和快活，我也舒了一口气，说："今天，我又去看荞麦花了……"

我听见了父亲的脚步声，他大概是从母亲的病房里走了出来。

"阳光暖暖地照着，有好多蜜蜂在那些小白花上飞舞着，还有蝴蝶。有一只明黄色的蝴蝶特别美……"

"再美也美不过荞麦花……"

"是啊。它们都是因为荞麦花美才来的，怎么能美过荞麦花呢？"

我听见父亲在听筒那边无声地笑着。他一定是在笑着的，虽然我听不见，但我看见了。

这一刻，是无言的辉煌

累了的时候，紧靠晚风的墙

抱着双膝，静对西下的夕阳

拥有落霞满天，这一刻，是无言的辉煌

　　林国栋收拾完书籍和试卷之后，已经是满头大汗，妈妈把家里的那个小电扇转过头去，那些试卷仿佛都有了生命，像鸟儿一样扑腾起了翅膀。林国栋赶紧放下厚厚的日记本，压在试卷上面，那些画满了红色勾叉的试卷，安静了下来，只有一些边边角角还在蠢蠢欲动地飘跃。这，多像林国栋的心啊，虽然背负了和自己年龄不相称的重压，却总有梦想与期待在潜滋暗长，在跃跃欲试，随时都准备着飞翔，哪怕，心，并没有明确的方向。

　　"要不，都卖了吧——巷子口老王家的废品价格很公道，能卖不少钱呢！"妈妈试探着说。

　　林国栋下意识地用手护住了那些书籍和试卷，仿佛那些试卷和书籍真的就要飞离了自己。每一本书里的每一段文字，他都熟悉，他甚至知道哪段话在哪一页，哪一页有哪些图片；而那些曾经让他无数次高兴或忧虑的试卷，每一道题他都给出了自己的答案，哪怕答案是错误的——他从来不让问题空着，他一定要给出自己的答案。

这些年都是这样的。

这一堆书籍和试卷几乎成了林国栋初中三年全部的时光——无形的时光早已经消逝了，只剩下这些试卷和书籍留作时光曾经来过的证明。

妈妈换上了红色的工作服，这个超市里所有的促销员都穿这种衣服。林国栋还记得妈妈第一次穿上这件衣服有多么骄傲。那天，妈妈的那件工作服成了这个 24 平方米的家里唯一燃烧着的希望，妈妈也像一团火一样，举着手中的镜子，用蘸了水的手指抿着鬓角已经有了微霜的头发。

然而今天，妈妈只是边马虎地翻起了衣领边说："你想留着，那就留着吧——我走了，不然要迟到了。"

妈妈走了，留下了一屋子安静的空气和茫然失措的林国栋。

不知道过了多久，林国栋忍不住又拿起了日记本，仿佛他早就忘记了日记本是为了防止那些要飞的试卷。"哗啦啦！——"那些试卷抓住这个机会，全飞了起来，少年仰起头来，看着这些试卷纷纷扬扬地飘飞，有的落在了爸爸妈妈的床上，有的落在了一个堆着杂物的桌子上，还有的落在了敞着的锅里，也有一两张飞进了林国栋的小阁楼。一缕阳光从被小阁楼遮了一半的窗子里射了进来，无数的灰尘像无数的精灵，舞蹈着。林国栋几乎能听见自己呼吸的声音，接着，他连那些灰尘舞蹈的声音也听见了，他甚至还听见了那些时光"吱吱"溜走的声音。等他再想听得更真切一些，眨了眨眼睛，耳边依然是那个小电扇扇页"吱吱嘎嘎"不匀称摇转的声音。

于是，林国栋提着那本日记本，顺着梯子爬上了自己的小阁楼，打开了日记本。

日记本的扉页就工工整整地写着本文开头的那几句话。

    2006年9月23日 秋分   星期六

虽然昨天晚上，我对今天将要发生的事情，设想了那么多种情形，但当我在城管所门口徘徊了这么长时间之后，走进大门的时候，我的腿肚子仍然止不住地打哆嗦，并且一开口讲的就不是我预先想好了要讲的话。

我看见了他的那辆车子，那辆和他一样猥琐的车子，还有车子上面的木条箱子和废旧的轮胎。

我被赶了出来，眼里含着屈辱的泪水，真想用一门大炮，轰炸它个稀巴烂。

林国栋就这么随便一翻，就看到了这一页，这个让他腿肚子打战的记忆是他多么想抹杀掉的啊，就像他曾经多么不想承认，那个在巷子口默然低头修补轮胎和皮鞋的男人是自己的父亲。

然而他就是自己的父亲，不管心里有多么抵触和排斥，他永远都是自己的父亲。

所以，那些让他腿肚子打战和抽筋的记忆也永远是这个少年无法抹去的事实。

那是一个什么样的事实呢？那是这个少年第一次试图做一个

男人，那年他12岁。

2006年10月8日　　寒露　　星期日

　　当我终于扯过了他的那辆猥琐的三轮车的时候，我狂跳的心忽然不在了，耳边是呼呼的风声，和这辆该死的三轮车"哗哗啦啦"磕碰的声音。在这个安静的夜晚，这声音早就超过了我心跳的"怦怦"声，奔到楼下的时候，我才发现心又回到了自己的胸膛。上楼的时候，我才发现自己的衣服全部湿了，像是从水里捞起来的。就在我一转身的时候，我看见了一轮月亮，又大又亮，还很圆。

　　在2006年国庆前夕，为了迎接国庆，城管开始加大力度清理无证摊贩，林国栋一家所租住的这个城中村里的许多摊贩开始了一场老鼠和猫的游戏。稍微机警点的摊贩甚至很享受这种游戏所带来的刺激与乐趣，但林国栋的爸爸却遭了殃，竟然没有躲过一次，所以就被城管抓了典型，没收了他的全部家当——一辆自己改造成工具箱与操作台的三轮车，上面放着修理自行车和缝补破皮鞋所需要的全部工具：钳子、扳手、废旧轮胎、边角废料、针头线脑等。

　　在城市化进程中的中国，这样的事情也许经常发生，但对于一个家庭，却几乎成了灾难。

2006年10月23日　　霜降　　星期一

他们以为我睡着了,其实很长时间我都睡不着。自从那次我从城管所偷回了他的那辆三轮车之后,我一直都睡不踏实,因为,我总在上课的时候忽然惊悸地仰头望着窗外,我担心噩梦会真的出现在现实的生活中:那些穿着制服的人指认出我,说,看,他就是那个偷车贼。

我能说什么呢?我能说那个车子本来就是我家的吗?

但是当我偷听到妈妈和他的谈话,我才知道,我又做错了一件事情,他居然在第二天跑到城管所缴了罚款。这可是他治病救命的钱啊,难道他真的傻了吗?

在这个午后,当林国栋翻到这页日记的时候,对于父亲那种复杂的心情又强烈地冲撞着这个少年的心,撕扯着,分裂着,那个曾经让林国栋自豪的爸爸从哪一天开始渐渐淡漠的呢?

记得刚来到武汉的时候,那是一个难得凉爽的夏日夜晚,林国栋坐在爸爸自行车前面的支架上,妈妈坐在爸爸的身后,被城市的霓虹灯染得无比绚丽的晚风拂过少年飞扬的头发。在一个十字路口,爸爸说:"狗小——"那时少年林国栋还不忌讳爸爸这么叫自己的小名,因为从小父母都是这么称呼他的——"狗小,这个城市有这样的政策,只要能买得起价值30万的房子,就可以拥有这个城市的户口,我们一定能成为城里人的!……"

30万对于刚到武汉的狗小来说,没有任何概念,但他相信,爸爸既然能把他从乡村小学接到大城市上学,就有本领也在这个城里为他找一个家。

一家人的梦想就像这个城市绚烂的霓虹灯,虽然有些闪闪烁烁让人无可把握,却总能带给人无比灿烂辉煌的想象。

然而一场事故却让这样的梦想戛然而止,就像被霓虹灯染得无比绚丽的晚风也会裹挟着夏日的骤雨。

在林国栋的日记本里有几页被他用透明胶粘住了,在平时,他绝对不会看的,但是今天,他想看看。当他终于撕掉了透明胶的时候,他居然疼出了一头的汗,仿佛那透明胶是粘连在自己的心上。

2006 年 1 月 20 日　　　大寒　　　星期五

爸爸终于脱离了危险,但医生说,头部受伤会影响到他今后的视力和语言能力,甚至会影响到他的智力,也就是说,爸爸可能……

我不敢再往下想了,但是我也绝对不能再哭了,爸爸说过,我是个男人,男人就要坚强。

那个包工头吴良新赔的钱全部用完了。我先前和妈妈一样,认为三万块钱有好多好多,但是仍然无法治好爸爸的伤。

刚才打吴良新的电话,已经停机了,我该怎么办呢?

林国栋在看这几页已经被自己封了三年的日记的时候,就像忍着疼痛揭开了快要好的伤疤,虽然这个少年的心不知不觉中变硬了,但此刻,还是疼了。

就像爸爸说的,他们可以在这个陌生的城里拥有一个属于自己的家,因为爸爸足够聪明,而且肯吃苦,妈妈也在努力地打工，可是谁能想到，那个脚手架怎么就突然垮掉了呢？那个从六楼的脚手架上跌落的工人怎么又恰巧是自己的爸爸呢？

从那个时候起，这个懵懂的少年一家人的生活开始被一个叫作"命运"的词语所左右着。

2006年3月6日　　惊蛰　　星期一

爸爸晒了那么多天的太阳之后，终于在巷子口开张了。我发现在建筑行业工作了那么多年，那么心灵手巧的爸爸，在钉木条箱子的时候，他的手总是在颤抖，他能行吗？

我很担心。

而且，好多次，我站在他身后，他都没有发觉。别人对他说话，必须要很大声。还有，他的反应也好慢。

我好担心。

渐渐地，暖了。

家里一盆被人们遗忘了以为是早已经死掉了的菊花的老茎旁，竟然抽出了一些嫩黄的芽儿。

就在那一天，终日阴郁着眼睑的妈妈居然像春风里灿烂的桃花，用衣袖拂过满是灰尘的小镜子，用蘸了水的手指抿着耳畔的头发，对镜顾盼。也就是在那一刻，少年林国栋注意到妈妈的头发竟然白了许多，那么多的白发在穿窗而入的阳光下，像一根根金针，刺疼了少年柔软的心。

那件火红的超市促销服装成了妈妈最新最好的一件衣裳。

然而很快，母子俩的兴致就败了，就像刚刚要点燃的柴火，正"毕毕剥剥"起了烟子要燃烧起来的时候，忽然就被兜头淋了一瓢凉水。

这个24平方米的小家那赖于采光的门忽然被一个人影堵了，等这个人影缓慢地移进屋子里那束穿窗而入的光束之中的时候，母子俩才发现这个人的口鼻都糊满了鲜血，是爸爸。

爸爸怎么就被人打了呢？

在这个城中村住着各种各样的人，偶尔发生口角或殴斗原本很正常，不正常的是，这个挨了打的人，只是"嘀嘀"地哭泣，什么原委都讲不出来。

就像刚盛放的桃花以为春天来了，却没想到遇见了倒春寒。在这短短的几分钟内，少年的心体验了好多人生的况味。

妈妈和林国栋拉着爸爸问了好多，也陪着爸爸哭了好久。最后，爸爸在洗净了血迹之后，又缓慢地回到了巷子口他的小摊前。

  2006年6月21日 夏至 星期三

我的脸肿了，我不照镜子也能感觉到，胀胀的，嘴角也破了，这没什么，我是男人！

我们家里多了一个男人，也少了一个男人。那个在巷子口替别人补着破鞋的人，他居然是我爸爸，但是现在，我觉得，他已经不配做我的爸爸了，因为，他不像一个男人！

我不后悔！

在这个城中村有两所农民工子弟学校，林国栋就读的这所学校叫"凌志中学"。凭着自己从不认输的精神，林国栋渐渐以自己优异的成绩赢得了老师和同学们的尊敬。

林国栋发现了这其实是个很简单的法则，只要你成绩好，就能赢得老师的青睐，就能获得同学们的敬佩。

然而事情也并非完全如此。在班上也有一些依靠拳头获得话语权的人，比如说王力强。

井水不犯河水，林国栋和他倒也相安无事。

只是一个很偶然的黄昏，落霞穿透犬牙差互的楼面，偶尔甩过一条光带落在巷子口这个修补自行车和破皮鞋的中年人的身上，让这个沉默的人看起来更像是个浸透了沧桑而略显斑驳的雕塑。

林国栋望见这个雕塑的那一刻，内心无限复杂。就在他踌躇着想在经过这个人身边要不要打招呼的时候，他的后背被王力强拍响了。

"哟，大班长，让你见识一个傻帽，走走走！"林国栋被王力强等几个人裹挟着走向那个让他心跳逐渐加速的雕塑，走向他的爸爸。

也许，王力强也只是借机跟林国栋套个近乎，他并不知晓，巷子口的那个人就是林国栋的爸爸。因为，林国栋一向比较谨慎，几乎很少跟爸爸打招呼。至于为什么这个少年在经过父亲的时候不怎么跟他讲话，这里面的原因，我想，林国栋也说不清楚，或者不愿意说。

"就这傻帽，我补自行车车胎，给了他五块钱，他找了七块五毛钱，哈哈，比老子的数学还差的人总算让老子给找到了，哈哈哈……"走到那个雕塑跟前的时候，王力强蹲下来，顺手捡起一块破轮胎皮子说，"老头儿，你一天能亏多少钱啊？"

爸爸木讷地笑着说："我的皮子，还要补胎的。给我，给我。"

王力强扭过头对随着他的几个人说："他还知道要补胎——老头儿，你他妈会打胎吗？"

爸爸伸手去抢那块破轮胎皮子，但被眼疾手快的王力强轻巧地晃过，爸爸一个趔趄，差点摔个嘴啃泥。仰起头的爸爸说："我不会打胎，我只会补胎。"

"哈哈哈，"王力强笑过之后，胆儿更大了，扬了扬手中的皮子说，"叫我爸爸，叫了就给……"

还没等爸爸开口，林国栋就像一头愤怒的小牛把王力强推倒在地，扭打在一起。

渐渐地，那道霞光别过城楼，不知道拐到哪里去了。虽然厮打的时间并不长，但林国栋贴身的衣服都汗湿了。一阵晚风掠地而起，呼啦啦地让林国栋打了个寒战，从地上灰头土脸地起来后，手里紧紧捏着的是那块补轮胎的皮子。

爸爸正护着自己的三轮车嘀嘀地哭着，边哭边喊着："别打我的儿子，别打我的儿子……"林国栋看过去的时候，正好一口涎液亮晶晶地从父亲的唇边挂了下来……

林国栋将手中的那块皮子狠狠地摔在地上，唾了口混含了血液和泥灰的口水，迎着巷子口尖细的晚风又打了一个激灵，嘴唇和额角火辣辣地滚热着，而身上正一阵冷过一阵。

林国栋走在晚风吹过的巷子，别过脸去，擦掉两行冰冷的泪水。

少年将父亲甩在身后，永远地甩在了身后。在这场变故之后，始终昂扬始终保持进攻姿势的父亲，龟缩在自己的甲壳里。他被比自己不知道强大多少倍的命运击败了，并且在这样的失败中他第一次感受到了退无可退的恐惧，就像现在，他每天都退缩在巷子口的墙根下，靠着墙，仿佛生命就有了支撑。他对生活的理想和追求都一起退缩在最底线。

2007年2月18日　　春节　　星期日

这一年，哭过，也笑过，打过架，还偷过三轮车——虽然是自己家的。我不后悔，他×的，没什么大不了的。

过年的时候，林国栋站在顶楼——他们家住在顶楼，因为顶楼便宜。他望着这片没有任何植物的城中村，这个拥挤的城中村的上空，正一飘一飘地下着雪，静静的。林国栋日记本上的年终总结就这么简单，就像他一直希望自己的心也那么简单才好，然而少年的心却事与愿违地复杂了起来。

包好饺子之后，妈妈说："狗小，去叫爸爸回家吃饭吧。"

少年闷声闷气地说了声："跟你说了，不要再叫狗小这个该死的名字！"

站在巷子口，远远地就望见了爸爸。过年的时候，这个地方反而安静了，因为外来务工的租户都回老家过年了。巷子里安静得就像它头顶上的这片天空，天空静静地飘着雪。如果说还有更安静的，那就是巷子口摆个三轮车修补自行车和破皮鞋的老林头——四十出头的爸爸已经被人这么叫着了。

三轮车披了一层塑料纸，已经有了一层薄薄的雪了，父亲坐在用自行车轮胎做成的小马扎上，又坐成了雕像。

雪静静地飘落在了他的身上。

少年一梗脖子，扭身回了。

被小阁楼分割了一半的那条光带无声无息地归于寂灭。在黯淡了天光的阁楼上，合上日记本，林国栋闭了闭眼，让习惯了光明的眼睛习惯黑暗。

枕着双手，林国栋想，从哪一刻起，就和爸爸隔阂深了起来呢？

眼睛一闭上，根本不用去翻相册，那一幅幅照片就浮现在眼前。抱着爸爸脖子的照片，骑在爸爸肩上的照片，依偎在爸爸怀里的照片——曾经，是那样亲近，亲近到现在难以想象，甚至想一想就会起不可思议的鸡皮疙瘩。

曾经的爸爸，或者说曾经的那个林国栋，那个狗小去哪里了呢？

正这么想着的时候，妈妈回来了。

妈妈说："赶紧吃饭，这孩子，也不晓得先把饭做好。"

阁楼下面一阵锅碗瓢盆丁零当啷之后，吃饭。

爸爸已经连续好多天都没有回家吃饭了，总在那个巷子的那面墙下敲敲打打，不知道他又想做什么宝贝。

吃过饭后，林国栋又爬上了自己的小阁楼，他想赶紧捡起今天下午沉浸在回忆之中忧伤然而美好的心情。于是，日记又被打开了。

2007年3月6日　　惊蛰　　星期二

新转学来了个女生。

上劳动课的时候我在背后画她的红色的蝴蝶卡子。蓝底上面的两片红晕像是春天里笑红了脸的桃花——家乡的桃花应该快开了吧？

老师没收了我的画儿，班上的同学们都哄笑的时候，我看见了她也扭过头来望着我笑，她笑的时候眼睛弯弯的。

她叫张晓舒。

我查了字典：舒，读音 shū，展开，伸展；舒展、舒畅、舒张、舒卷、舒适、舒心……

每次，少年林国栋都抬眼望着落霞满天，迎着夕阳，拐进那条巷子，然后在经过爸爸的时候，顿住，像是在自言自语地不扭头也无任何表情地说着，回了。

但是今天，就在他画那个新转学的女生的蝴蝶卡子之后，在他转身要拐进巷子的一刹那，他忽然就想到了张晓舒。在想到了张晓舒之后，林国栋就犹豫了，于是就生硬地拉回了正准备迈出的右脚，然后像做贼一样左右张望，但并没见张晓舒，其实也不知道她住在哪里，是否也会拐进同一条巷子。

但是犹豫之后的林国栋还是兜了好大一个圈子，绕开了爸爸。

要说，张晓舒的卡子真是漂亮啊。其实初中生林国栋的比喻还不够美，这个卡子啊，就像有风吹过桃花，在这纷纷扬扬的落瓣中就有了两瓣飘摇进纯蓝得让人心疼的天幕上，然后贴在那儿。

这个卡子卡住了少年的心,他的心动了那么一下。

我知道我的比喻也没有少年林国栋看到的美。那如桃花般贴在少年心里的,只有他知道得最真切,却又最懵懂。

那天妈妈轮班上晚班,匆匆忙忙地做好了饭就到超市上班去了,林国栋还沉浸在桃花的卡子和弯月亮的笑脸中。直到做完作业收拾碗筷的时候,他才发现爸爸还没有回家吃饭。

每次都是在放学的时候,在听到林国栋的那句"回了"之后,爸爸才回的。但是今天他没有听到,他就一直在那儿等这两个字。

元宵节刚过,今天是农历正月十七。林国栋转过路口,远远地就望见了巷子口墙角下的父亲。

头顶是明晃晃的月亮,父亲就安坐在小马扎上面,抱紧双膝,一动不动地浸在如水的月光里,所有的家什都收拾停当了——它们都在自己该在的位置,和父亲一起安静地等着那两个字。

在少年林国栋经过的时候漫不经心地从嘴边滑过的两个字,对于父亲来说,原来是这么重要。

少年日渐坚硬的心在那一刻被如水的月光轻轻地砸疼了那么一下。

在父亲的近旁,有几个孩子正摔着噼噼啪啪的绳鞭。随着他们胳膊的挥动,那瞬间绽放的烟火搅动了如水的月光,勾勒了一个又一个梦幻般的回环,仿佛是一圈圈荡漾着的涟漪。那一圈一圈的涟漪充塞着少年的心,直到他感觉心里有点儿堵。

林国栋默默地扶起三轮车的把手，望了一眼父亲。在推着三轮车走了一段距离之后，少年又回望父亲，父亲已经跟在他的身后了，他突然发现月光下父亲的腰，弯了。

今天林国栋没有说那两个字，父亲等了好久好久的那两个字，其实，那是两个并没有什么感情色彩的字。

今后，父亲也没能再听到那两个字。

在踌躇、犹豫和思想斗争了很久之后，少年终于决定兜圈子走远路，绕过父亲——其实，他未曾想过，在他的生命中，如何能够绕开父亲？

2007年5月6日　　　立夏　　星期日

这是最憋气的一个春游，我第一次那么恳切地跟他请求，请求他把那辆停在他车摊前的山地车借给我用，可是他始终不肯。

所有幻想的美好都是肥皂泡泡，我没有自行车，看着她跟每一个不是我的男生笑着、聊天，我心如刀割。

一天，一个男子推来了一辆橙黄色的山地自行车，对巷子口墙角边的老林头说："儿子的自行车，摔坏了，给修修，好了我来拿，不急。"

那天，爸爸修好了自行车之后，张望着，那个男子没有来。

爸爸只好把那辆自行车推回家，扛上楼，很贵的。爸爸知道，这车得不少钱。

从阁楼上溜下来喝水的林国栋，眼睛一下子亮了，他说："我说呢，为什么今天咱们的屋子有什么不一样，这么亮，原来停着这么酷的一辆车。"

哇!

哗!鸣!——叮叮叮!旋转的车轮上每一根辐条都映射并切割着灯光,车轮旋转成一朵怒放的花。

"别动,那是人家的。"正在兴头上的林国栋因为父亲这瓮声瓮气的一句话,凉了心,灰灰地爬上了阁楼,水都忘记喝了。

两天,三天,一个星期过去了,那辆自行车还是没有人来取。每天爸爸都要用近半个钟头来爬楼梯,右脚先上一个台阶,然后左脚再跟上,十一级台阶尽了,在楼梯的拐角,爸爸会小心翼翼地从肩上卸下自行车,大口大口地喘着气。

爸爸还没能从那场灾难中恢复元气。

班主任宣布春游的消息就在这一个星期中,就在那辆自行车的主人来取之前。

当林国栋吐出"爸爸"两个字的时候,忽然有了一种非常陌生的体验,这一年多都未曾叫出口的两个字,让林国栋的感情复杂而又尴尬。

"反正,又没有人来领,你就借我春游的时候骑吧。"林国栋站在阁楼的楼梯上居高临下地这么说着。

"不行,这是人家的车。"爸爸头也没抬,简单地拒绝了。

"咚咚咚"几步,林国栋跳下了楼梯,坐在了爸爸的近旁,仰起头说:"借我吧,只一天,保证好好地还给您!"

"不行,这是人家的车。"

林国栋"咚咚咚"地爬上了属于自己的阁楼,嘀嘀咕咕地骂了一句什么,窝了一肚子的火,"哐"地一拳砸在墙上,手指节

217

间传来一阵火辣辣的疼。

林国栋是这样想的,风和日丽,杨柳依依,那辆最惹人的山地车就在自己的胯下,车前面的横杠上最好坐着她——张晓舒……

多么完美的春游啊!

因为经济的原因,这个农民工子弟学校每年的春游实际上都是组织学生到附近的一个免费开放的公园里玩——这已经是学生们最难得的盼望。

因为父亲的拒绝,林国栋过了一个最窝火的春游。

只是在一个晚间,林国栋已经记不起那辆漂亮的山地车是哪一天在这个家里消失的——其实在这个家里,这辆自行车是最不协调的存在——自被拒绝之后,心灰意冷的林国栋就很少碰那辆自行车了。那个晚间,爸爸瓮声瓮气地对妈妈说,那个男人的孩子就是骑着这辆自行车出了车祸,躺在医院里,就再也没有回来。那个父亲原本决定不来取这辆要了他孩子命的自行车了,但是,过了那么多日子,他还是来取走了这辆自行车——看着这辆自行车,他就仿佛又看见了自行车上神采飞扬的儿子……

那个伤心的父亲,是怎样下了决心,坐在巷子口老林头的摊位前,把自己内心深处最深刻的忧伤掏了出来,讲给这个沉默的修车人,然后在修车人的小马扎上捂着脸垂着头"啊啊"地哭泣的呢。

父亲一句话也没有说,只是静静地等待着这个陌生的男人停止了哭泣,干了泪水,一起沉默地坐在有着红柿子颜色的夕阳下。

就在那天晚上,父亲第一次爬上了小阁楼的楼梯,借着半截窗子里透进来的月光,默默地望着自己的儿子,望着这个日渐长高离自己也日渐遥远的儿子,看了很久很久,才又默默地下了梯子。

  2007年12月22日 冬至 星期六

"你到底想要什么?"这是班主任问我的话,我今天就这样反复地问我自己。

和爸爸一样做一个心灵手巧的建筑工人,然后再在挫折中沉默成一个木头人?

我必须得提前选择我的未来,不然,我就没有未来。

在"凌志中学"的红砖墙上——这是由一个倒闭了的工厂改造成的学校——苏俄式建筑厂房那已经斑驳的红砖墙上用白石灰刷着这么几个大字:"知识改变命运"。

林国栋第一次进入这所学校看到这几个字的时候,心中顿时升腾起一股强大的力量,"命运"这个词就这样撞进了自己的生命里。那时,他离这个词只有三米远。

后来的变故和艰难的生活,才让他深切地感受到"命运"是自己多么强大的敌人。所以,每次进入学校的时候,他都会看着那一行字,然后在自己心里暗暗地说道:"知识改变命运,一定要争气!"

但是后来,那行白石灰刷成的字在风雨中渐渐有些消失了,他每次望过去,都是张晓舒那弯弯的月亮般美丽的笑眼。

219

终于，在一张画了许多"×"的试卷前，他低下了自己骄傲的头。

这个少年第一次开始认真地思索起了自己的未来。

十五年前，年轻气盛的爸爸也曾经像堂·吉诃德一样在陌生的城市里左冲右突，总相信自己能够在一个远离故乡的地方过上梦想中的生活——那时，他是否也有过少年林国栋此刻的迷茫和彷徨？是否也问过自己，要朝哪里走？到底要什么？

虽然班主任并没有点破他成绩下降的原因，但却给了一个让他深深思索的问题。在想这个问题的时候，林国栋不由自主地就想到了爸爸：他也曾经如我这般吗？

那个冬日的黄昏，林国栋竟然没有兜圈子绕过父亲，站在道路的拐角，他远远地望着的，是父亲的背影。

灰色的袄子，几乎要融进灰色的砖墙里，这是这个城市冬天天空的颜色。只有从那一抬一抬的右手肘可以看出那是一个在这个城市的底层谋生活的人——爸爸正摇动着缝纫机在替别人补一双皮鞋，忽然，林国栋就仿佛听见了机器"笃笃！嗒嗒！"的声音。

对面的小马扎上的顾主正扭过头抽着烟，望着将落的斜阳。

冬日里无精打采的斜阳掩着嘴打了个呵欠，一转身滑向一栋高楼的下面，凝重而冷寒的暮色接踵而来，沉沉地压在少年那单薄的双肩上。

合上日记的时候爸爸搬了一辆自行车回家了——他总这样死脑筋，经常把修好了的自行车扛回家——林国栋已经习惯了，也懒得理他了，翻了个身就在床上躺下了。

220

明天他会和几个同学到他们学校每年组织春游的那个公园去——其实,那个公园里已经没有哪个角落他们没有去到的,之所以在毕业的时候还去,大概那里总有他们最难忘的回忆。毕竟,这是他们三年来唯一春游去过的地方,几乎每个角落都有他们洒下的笑声。

他的那些同学,有的会直接进入社会,如他们的父辈一样,在某个不属于他们的城市里谋生活,追逐自己的梦想,当然也会有继续学业的——不管将来他们要做什么,大都会彼此分开,就像盐溶进水里一样,很难再找见彼此了。

在明天要去的人中,就有张晓舒。

奇怪的是,林国栋已经没有了当初的激动,相反,对于明天要见到王力强内心充满了期待。要说紧张冲刺的 2008 年有什么特别值得一提的事情的话,那就是他居然和王力强成了朋友。

2008 年 2 月 4 日　　立春　　星期一

我一走出校门就被人堵住了,终于轮到我了——早就听说学校附近有几个"擂肥"的人渣。

我把自己裤兜里过早剩下的两块五毛钱掏了出来,放在了他们手里。

"就这点?"

我觉得这个人的声音很熟悉,扭过头去就看见了堵在身后的王力强。

不知道为什么,就像妈妈按住液化气灶台上的那个按钮再一旋,"腾!"的一声就升腾起了熊熊的火焰,我的血液一下子就燃烧了起来。

骂了声"人渣"之后，就又一次和他扭打在一起了。

大概这是他们遇见的第一次反抗，王力强的几个同伴竟然都心虚地跑掉了，只剩下滚在地上的两个，还死死地纠缠在一起。

仇恨给了林国栋许多力量，竟然把比自己高了一头的王力强压在了身下。当他骑在了王力强身上的时候，他忽然就感觉到了害怕，然后爬起来就跑了。跑了几步之后，又回转身来拿自己落在地上的书包。

这期间，王力强一直躺在地上，望着天空，茫然失措。

后来，王力强就辍学了，据说是被学校"劝退"的。

这次打架仅仅是因为愤怒，和勇气没有多大的关系，但这并不是说，林国栋就没有勇气，其实林国栋和王力强最后的和解正是因为林国栋的勇气。

2008年4月4日　　清明　　星期五

第一次坐在落地玻璃里面喝可乐居然是和王力强，真是让人无法想象。更无法想象的是，我竟然和他成了朋友。

也许，在某些方面，我们其实是一样的。

当王力强流泪的时候，我也陪着他流泪，好久都没有流泪了——我以为自己已经长成了一个坚强的男人了。

也许我还没有。

有一天，走出校门的林国栋突然接到了一张纸条，上面写着一行字：

到街对面的麦当劳门口见，我们谈谈。王力强

林国栋一下子就害怕了起来：他终于来找我了。而且，他是有备而来，肯定邀了他的同伙。

和王力强之间肯定会有一场恶斗，这是迟早的事情，因为林国栋认为王力强不会轻易地放过他——王力强还没有被谁打倒过。

林国栋思前想后，踌躇了好久，毅然决然地走向了街对面。

在接近他们将要碰头的地方，林国栋突然就想到了"风萧萧兮易水寒，壮士一去兮不复还！"——还不至于吧？林国栋笑着对自己说："别他妈像个孬种，林国栋，你不是一个熊包！"

王力强耷拉着脑袋就站在麦当劳门口旁的落地窗前，一个人。

林国栋堵在了王力强的面前，逼视着他的眼睛，毫不怯懦。

"嘭！"的一声，重重的一拳砸在了林国栋的肩膀上，林国栋来不及做出任何反应。他正准备奋力反抗的时候，就听见了王力强哈哈大笑着说："好，我们俩扯平了——果然是个爷们儿，不错！"

林国栋强忍住愤怒尽量平静地说："扯平了是吗？那好，我要回去复习了。"

正转身要走的时候，王力强说："我真的想跟你谈谈，就几分钟，好吗？"

林国栋望了一眼对面那个匪气十足的少年，他长满了青春痘

的脸庞上写满了真诚。

于是,林国栋第一次在那面宽宽的落地窗前坐下,第一次"吱吱吱"地吸着有点儿甜腻的可乐。

"你知道我为什么这么强壮吗?"

林国栋摇了摇头。

"不是因为打架,是因为劳动。我从六年级开始每天早上4点钟起床。"王力强"吱溜"了一口可乐接着说,"老子起这么早可不是为了晨练——我从六年级的时候就开始踩着三轮车进货了——我妈在菜场子卖菜。"

"你爸爸呢?"

"死了。"王力强厚厚的嘴唇就这么含着吸管吐出了这两个让林国栋浑身一颤的字。说完这话,王力强把脸别了过去,望着落地玻璃外面各色的行人。

林国栋从那张长满了青春痘的脸庞看不出任何情感,只是一脸的茫然。

过了一会儿,王力强又说:"我先前比你瘦多了,像个猴子!"在提起自己先前生活的时候,王力强脸上的每一颗青春痘都生动了起来,仿佛,它们都有自己的生命,在这个少年的脸上快乐地跳动着。

王力强一脸快活地讲了他还没有来到城里时的乡村生活——这是林国栋非常熟悉的。也许在这样的回忆中,那种让他们无限怀念的乡村生活是被他们在讲述中美化了,只因为他们生在那里,还因为,这样的生活,永远不再有了。

两个少年七嘴八舌地讲了很多好玩的童年趣事,一起笑着,直到他们嘴巴里的两个吸管先后都发出了空空的"咕噜"声。

两个少年在一起笑了。

只是这笑容像一只野兔,很快地穿过王力强脸上青春痘的丛林,一闪而逝。

"今天是清明节,我刚从老家赶回来,农村的变化很大——不知道,我们死的时候还能不能葬在乡下……"说完这话,王力强又哈哈地笑了,仿佛那只调皮的兔子一闪身又回到了青春痘的丛林。

"你爸爸怎么这么早就死——就去世了?"林国栋小心地问道。

"早上起早送货的时候被车撞死的——我先前一直不理解,一个大活人怎么能让车给撞了呢?后来我进货送菜的时候才明白,不被车撞才怪呢!"王力强端起手中的空可乐杯"咚"地往桌子上一顿,说,"刚开始的那一个月,我都像梦游一样,睁开眼睛太难,你不知道,从那么甜那么甜的梦里醒来,有多难受。"

这个长满了青春痘的少年在说那个"甜"字的时候,舌头紧顶在唇齿之间发音,把这个"甜"字说得要比他们手中的可乐味美了好多倍。

"但是,每次送货我都边踩三轮车边拧自己的大腿——我可不想跟爸爸那样踩车打瞌睡把命送了。"

就在两个少年一起说了声"走吧"之后,刚出门王力强就号啕大哭了起来,林国栋吓坏了,赶紧伸出胳膊揽住了王力强的腰。

一个比自己强大的人的脆弱更能打动人,林国栋不知道怎安慰，也跟着放声大哭。

街灯下，这两个勾肩搭背的少年边走边哭，让街上很多人摇头："现在的孩子，不好好学习，竟然酗酒成这样……"

在他第一次从睡梦中被母亲叫醒，心惊胆战地跨在三轮车上和妈妈一起进货的时候，他没有哭；在睡意袭来他使劲儿地拧自己的大腿，那么疼，他没有哭；在他上课睡觉被老师叫起来站墙角的时候，他没有哭，而是站在墙角继续瞌睡；在他考试成绩越来越糟糕的时候，被老师点名批评，他没有哭；今天，甚至，在他一个人跪在已经芳草萋萋的父亲的坟前时，也没有哭。可是现在，在跟一个他认定的朋友，一个同龄人掏了心窝子之后，王力强大声地哭了。

他仿佛整个人都空了，这些年的倔强坚持，只在此刻，才真正地松懈了。这个少年，他，太累了。

跟母亲，他不能讲这些，他要让母亲跟着自己觉得踏实，他是支撑这个家庭的顶梁柱。在学校里，他没有朋友——谁愿意跟他做朋友啊，成绩不好人很凶，上课打瞌睡下课打同学。跟在他身后和他一起"擂肥"，用刀子逼着小学生要钱的那几个"朋友"，他能跟他们说这个吗？他们只是利用了他的强壮，却不知道这个强壮的人这么多年一直都想找个机会好好地哭。

在一个转角，两个哭泣着的少年，哭泣着分手。

也许林国栋也压抑了许久，这一场酣畅淋漓的哭泣，让他觉得好痛快，甚至脚步都有些轻飘了，真如喝了酒一样。刚拐进那个巷子就被父亲发现了，因为，父亲正在自己的小马扎上像鹤一样伸长了脖子张望着儿子回家的路。

在望见儿子的一刹那,父亲赶紧扭回了头,收拾其实早已经收拾好了的他的那些灯光下的家什。

林国栋睡得很香,那本厚厚的日记本就还如他人睡前那样压在胸口——大概就是因为这本压在胸口的日记本,林国栋开始了自己的噩梦。

从噩梦中醒来的时候,林国栋吓了个激灵,因为一双眼睛正静静地凝望着他,那么近,他甚至能看清那眼角边纵横的皱纹和鬓角上花白的头发——爸爸!

林国栋还处在错愕的神情之中,没有来得及说任何话,爸爸赶紧讪讪地说道:"太阳好高了。"

一道雪亮的阳光正从被阁楼分割了一半的窗子里直刺进来。

爸爸边说着这话,边从梯子上退了下来——这一年多来,爸爸几乎每天清晨都要站在梯子上静静地看着自己睡梦中的儿子,从来没有被儿子发现过——大概这次看得久了点。

林国栋下了梯子的时候,爸爸才站在门口说了一句话:"那辆自行车是给你的。"说完这话,就传来了爸爸下楼梯的脚步声——显然,爸爸今天拖了这么久才上班就是为了等林国栋醒来,然后再说这句话。

林国栋纵身一跃就从梯子中间跳落到地板上,一辆橙色、红色和黑色相间的山地自行车就在他的眼前,就在被阁楼分割了的另一半的窗子里的阳光中——在那束光带中的那辆自行车,是多么光辉灿烂啊。自行车周围有着无数的灰尘精灵,它们都围着自行车舞蹈着,只有那辆自行车端庄地斜立在那里,浴在阳光中,每一个零件都反射着太阳的光芒,矜持地安静地等待着少年的赞叹与抚摸。

林国栋在那束阳光中蹲下，伸过右手握住了脚踏板，就像握住了自行车的手，再用左手轻推自行车让后轮在支架的帮助下轻轻抬起，右手用力一摇，"哗！丁零零！——"上了润滑油的后轮飞速转动了起来，把从窗子里射进来的那一束阳光打碎成无数闪烁的火花，一起在雪亮的车辐上飞扬。

车轮的转动，引起了空气的对流，无数的灰尘精灵更加欢快地飞舞，整个屋子都在欢娱地舞蹈，包括少年的心。

"啊，这是属于我的自行车啦！"

再细看的时候，林国栋才发现这竟然是一辆由许多个部件组拼起来的山地车。它们都是父亲在修自行车的时候收集到的零部件，但现在，在父亲的精心组装下，再重新喷漆后，它们是多么和谐的一体啊。而且，它还有好多部件是全新的，比如说后轮轮胎和带避震器的前叉，还有先进的V刹，还有精心的喷漆色彩搭配……

难怪这么长时间来，爸爸总是一个人敲敲打打地加班——原来，父亲是想亲手做一辆山地自行车送给自己的儿子……

想到这些，林国栋退后了几步，内心百感交集。

当林国栋抱着自行车下楼的时候，爸爸竟然还蹲在楼下的三轮车旁，还没有到巷子口属于他的矮墙下。显然，他还是在等自己的儿子。

"骑自行车的时候，千万要小心，要注意避让汽车……"也许爸爸还记得那个坐在自己的小马扎上哭泣的父亲，所以，要把叮嘱说出来，才安心在那个巷子的矮墙下摆开自己一天的生计。

林国栋轻轻一抬脚，长长的腿就跨在了自行车上，就在他要启动的那一刻，他回过了头，冲着父亲笑了一下。

　　就那一抹笑容，引来灿烂的阳光落在父亲的脸上，那灿烂的阳光，整日不散。父亲就那样咧着嘴补着旧皮鞋或者修着自行车。

　　最近这一年，父亲的身体恢复了很多，头脑也比先前灵光许多。

　　六月雪亮的太阳在黄昏的时候渐渐变成了一个大大的橙子，挂在爸爸那条巷子上的楼顶上。就在爸爸抬头看夕阳的时候，感觉到巷子里突然来了一阵风，于是就扭头望了过去。

　　一辆漂亮的山地车像箭一般向自己射了过来，就在爸爸眨眼睛的时候，那辆自行车已经轻轻巧巧地停在了自己的身旁。

　　大大的橙子悄悄地向下滑了那么一下，谁也没有发现。只是满天的落霞引得好多路人仰起了脖子。

　　从自行车的前杠上溜了下来之后，林国栋就斜靠在自己漂亮的山地车上，而刚才骑自行车的那个彪悍的少年则坐在小马扎上，那是王力强。

　　憋得满脸通红之后，王力强把五块钱放在了林国栋爸爸用来装钱的铁盒子里。

　　放下那五块钱之后，王力强仿佛觉得全身轻松，说："叔叔，前两年你找错的，现在，我把你多找的钱还给你了。"

　　"哦。"父亲淡淡地应了一声，又抬头望着那满天的落霞——趁着人们都看落霞的时候，那个大大的橙子又悄悄地向下滑了一点。

这几年来，已经有好多人把先前爸爸多找的钱又退了回来，爸爸也不说什么。时间长了，大家都会明白，这个巷子口矮墙下的修鞋人是个什么样的人。

爸爸的目光从落霞转到了林国栋身上，仿佛在看过晚霞之后，那两道目光也沾染了落霞的灿烂光辉。在父亲熠熠生辉的目光下，林国栋低下了头，但很快，他又扬起了头。

"爸爸，这是我的朋友，他叫王力强。"林国栋很认真地说，"他现在在菜场做事情，做水产，就是进许多活鱼鲜虾什么的，很赚钱啦！如果中考我没有考取，我就，我就和他一起做生意——我们肯定能做好！"

爸爸没有说话，只是静静地靠着墙。

王力强说："叔叔，你别听他的，如果他考不上，我敢肯定，我们班上没有谁能考上！"

听到这话，爸爸笑了，舒展的眼睑灿烂而生动，就像满天的晚霞。